AF138666

Gerold Trank, ein neununddreissigjähriger Historiker, arbeitet als Sekretär der angesehenen „Stiftung für die Ausbreitung humanistischer Ideale". Vor über hundertfünfzig Jahren gegründet, finanziert die Stiftung mit Geldern, die sie von der Wirtschaft erhält, kulturelle Aktivitäten, die im Einklang mit der herrschenden Ordnung stehen.

Während er in einer Sitzung des Stiftungsrats gefangen ist, wird Trank von einer mächtigen Flut von Gedanken überwältigt. Verzweifelt erkennt er, dass sein Leben sinnlos zerrinnt. Hin und her gerissen zwischen Anpassung und Auflehnung, zwischen Begründungen seines jetzigen Daseins und extremen Fluchtszenarien, findet er am Ende einen Ausweg, der ihn selbst überrascht.

Andreas Pritzker, geboren 1945, ist Schweizer, Physiker und Schriftsteller. Bisher sind von ihm erschienen: „Filberts Verhängnis" (Roman, 1990), „Das Ende der Täuschung" (Roman, 1993), „Eingeholte Zeit" (Erzählung, 2001), „Die Anfechtungen des Juan Zinniker" (Roman, 2007) sowie „Allenthalben Lug und Trug" (Roman, 2010). Er war Mitherausgeber des REFUNA-Jubiläumsbuchs „1/3 Technik, 1/3 Politik, 1/3 Psychologie" (2004) und verschiedener Texte in erzählter Geschichte. Zudem hat er in Zusammenarbeit mit Zeitzeugen die „Geschichte des SIN" (2013) verfasst.

Andreas Pritzker

Eingeholte Zeit

Erzählung

Dieses Buch erschien erstmals 2001 im munda-Verlag, Brugg (Schweiz).

Neuausgabe:
© 2014 Andreas Pritzker

Herstellung und Verlag:
BoD – Books on Demand, Norderstedt (D)

ISBN: 978-3-7357-4037-3

1

Das geräumige Zimmer ist weiss verputzt, sein Teppichboden ist taubengrau. Die leeren Wände erinnern an eine Kinoleinwand, der Boden an die Steinplatten eines antiken Forums. Die Stuckatur der Zimmerdecke stammt noch aus der Zeit, als die Villa erbaut worden ist. Sie stellt von Bändern umschlungene Blumen dar und sieht aus, als wenn lebendige Natur durch eine Verwünschung in totem Gips erstarrt wäre.

In der Mitte des Zimmers steht ein sieben Meter langer, weiss lasierter Eichentisch, umringt von Stühlen aus verchromtem Stahlrohr mit weinrotem Bezug. Einige Male pro Jahr setzen sich an diesem Tisch angesehene Männer für einen Tag zusammen und zelebrieren ihre Rituale. Sie breiten zu Papier gewordene Ideen darauf aus und liefern sich Wortgefechte. Heute ist ein solcher Tag.

Alles an der Einrichtung passt zusammen, obschon der Raum niemals gesamthaft gestaltet worden ist. Die neuen Stühle, beispielsweise, hat der jetzige Präsident ausgesucht. Das einzige Gemälde hingegen, das die Stirnseite des Raumes beherrscht, der Tisch, der Teppichboden, die Farbe der Wände gehen auf seine Vorgänger zurück. Die Einrichtung hat sich scheinbar zufällig ergeben. Dennoch wird nur zu deutlich, dass sie sich an einer alteingesessenen Ordnung orientiert.

Der Raum ist dank einer Reihe von hohen Fenstern sehr hell. Die Fensterfront gewährt einen weiten Blick über die Stadt. So hat es der Erbauer der Villa gewünscht: Dem Dasein der gewöhnlichen Menschen entrückt, ohne Tuchfühlung mit Handel, Arbeit und der Befriedigung von Bedürfnissen, aber dennoch alles im Auge behaltend.

Wie immer an Sitzungstagen hat der Hauswart in der Frühe alle Fenster aufgesperrt, und nun weht die angriffig frische Luft des Sommermorgens ungehindert herein. Zudem hat er Flaschen mit Mineralwasser – eine schweizerische Marke – und Gläser auf den Tisch gestellt. Die Flaschen stehen ungeöffnet und stramm wie antretende Soldaten da, die Gläser blitzsauber, jungfräulich, mit der zum Kuss bereiten Öffnung nach unten.

Drei Aschenbecher sind über den Tisch verteilt. Sie tragen das Signet einer schweizerischen Grossbrauerei und passen auf den ersten Blick keineswegs hierher. Bedingt durch ein Missgeschick haben sie sich dennoch ihren Platz erobert. Früher hat es nämlich nur einen Aschenbecher gegeben – ein Stück aus kostbarem Kristall – den Oederlein immer für sich beanspruchte. Als Berglass einmal darum bat, um seine schwarz gebrannte Pfeife darin auszuklopfen, stiess Oederlein das Ding so schwungvoll über den Tisch, dass es über die Kante kippte und am Boden zerschellte. Danach wies Brockstätte Trank an, dem Hauswart zu sagen, er solle genügend Aschenbecher beschaffen. Als Brockstätte die volkstümlichen Werbeträger zum ersten Mal erblickte, verzog er das Gesicht und rief: „Wo sind wir hier eigentlich, etwa in einer Brasserie?" Doch gerade da kam Oederlein ins Zimmer, sah die Glasschalen, ergriff eine davon, streichelte sie mit seinen wurstigen Fingern liebevoll und lobte Brockstätte wegen der gelungenen Wahl. Er sei, erklärte Oederlein, zwar mehr dem Rotwein zugetan, aber wenn er ein Bier trinke, dann immer von dieser Brauerei.

Als Erster betritt auch heute Dr. phil. Gerold Trank den Raum. Mit seinem taubengrauen Anzug und der weinroten Krawatte wirkt er wie eine Fortsetzung der Einrichtung. Er fröstelt, schreitet sogleich zu den Fenstern, schliesst sie und wünscht sich, für einmal einfach stehen bleiben und die Aussicht auf sich wirken lassen zu können. Auf Schönwetterszenerien fällt er immer wieder herein. Im heiteren Morgenlicht ausgebreitete Städte, fruchtbare, gelbgrüne Ebenen, das blaue Meer. Solche Ansichten gaukeln ihm vor, es existiere fern von seinem eigenen, grauen Alltag eine wunderschöne Wirklichkeit. Sie wecken seine Sehnsucht und vermitteln ihm gleichzeitig das beunruhigende Gefühl, diese Schönheit sei für ihn unerreichbar.

Übrigens, alle, die nicht vollkommen blind durchs Leben laufen, begeben sich, wenn sie das Sitzungszimmer erstmals betreten, geradewegs zu den Fenstern und beteuern, der Fernblick sei prächtig. Dies, obschon sie in Wirklichkeit nur das Naheliegende beschäftigt, nämlich Verdauung, Geld oder sexuelles Verlangen. Besser so. Bei längerem Blick in die Ferne verlieren sich manche Menschen nur zu leicht.

Trank ist geübt darin, seine Wünsche wegzustossen. Er hat schliesslich Pflichten, die zu erfüllen sind, jeden neuen Tag, so auch heute. Er wendet sich dem massiven Tonbandgerät zu und prüft dessen Funktionen. Dann probiert er den lichtstarken Hellraumprojektor aus. Sind Schreibstifte in allen Farben vorhanden? Gewiss. Befindet sich in der Geräteschublade eine Reservelampe? Auch das. Gut so.

Das alles ist sehr, sehr wichtig. Denn einmal hat die Lampe mit einem klackenden Geräusch ihr bisschen Geist aufgegeben. Ausgerechnet während eines Vortrags von Nationalrat Oederlein, dem Vorsitzenden und Inhaber der wegen ihres Erfolgs viel gerühmten Gomser-Werke.

Und keine Ersatzlampe greifbar.

Präsident Biland lehnte sich stirnrunzelnd zurück. Brockstätte eilte beflissen durchs Zimmer und durchstöberte die Geräteschublade. Keine Lampe. Oederlein erklärte eisig: „Herr Präsident, meine Herren, ich habe mein Referat sorgfältig vorbereitet und bin nicht bereit, ohne Projektor weiterzufahren."

Der Vortrag drehte sich, für Trank unvergesslich, um „die kulturelle Versorgung der Bevölkerung in Alpentälern mit engem Horizont". Oederlein war im Begriff, ein Bildungsprogramm auf die weisse Wand zu projizieren, das mit der Unterstützung der lokalen Geistlichkeit entstanden war. Und weshalb die lokale Geistlichkeit und nicht die lokale Lehrerschaft? Gerade als er zur Begründung ansetzte, passierte es.

Der Präsident sagte: „Herr Oederlein, entschuldigen Sie bitte, ich bin enorm verärgert." Er blickte Trank an, der sich hinter das Tonbandgerät duckte, und rief: „Schaffen Sie augenblicklich eine Ersatzlampe herbei, wie, ist Ihre Sache, hopphopp, im Laufschritt."

Also sprang Trank auf und eilte zum Hauswart. Dieser weilte nicht in der Pförtnerloge, sondern zusammen mit einem Monteur im Heizungskeller. Trank fand die beiden, weil es blechern durchs Treppenhaus herauf schepperte. Er stiess atemlos hervor: „Entschuldigung, aber die Sache ist ausserordentlich dringend."

Nicht für den Hauswart. Der zündete umständlich seinen ausgegangenen Stumpen an, knurrte barsch „Augenblick!" durch die Zähne und fingerte weiter mit dem grinsenden Monteur am Brenner herum.

Trank sah sich schon ins nächste Schulhaus eilen und um eine Ersatzlampe betteln, doch endlich bequemte sich der Hauswart, vom Keller emporzusteigen. In seiner Loge wühlte er lange in einem Schrank und tauchte schliesslich mit der richtigen Packung auf. Zielstrebig drängte er Trank aus dem

Weg und marschierte ihm voran ins Sitzungszimmer.

Dort war eine Diskussion darüber im Gang, ob solche Pannen der Unzulänglichkeit der Technik oder jener des Personals zuzuschreiben seien.

Der Hauswart ersetzte gemütlich die Lampe. Er entflammte seinen Stumpen von neuem und entfernte sich. Dabei dankte ihm der Präsident überschwänglich, und Brockstätte winkte ihm nach.

Trank bemerkte die Zeichen, und sie bekümmerten ihn. Jetzt würde die Schuldfrage unvermeidlich auf ihn zukommen. In seinem Innersten fühlte er sich ohnehin immer schuldig.

Der Präsident sprach: „Das ist das letzte Mal, dass ich Ihnen so eine dumme Panne durchgehen lasse. Hier ist Zeit zwar nicht Geld, da wir ehrenamtlich wirken, aber gerade deswegen erwarte ich von Ihnen, dass Sie sorgfältig damit umgehen. Sie sind mir dafür verantwortlich, dass wir unsere Sitzungen störungsfrei abhalten können."

Um den Tisch herum nickten alle ausser Hartmann, der sich über seine Akten beugte.

Aber war die Reservelampe nicht Sache des Hauswarts? Für kurze Zeit quälte Trank die Einsicht, dass ein erprobter Praktiker, der es unter anderem verstand, die Heizung zu betreiben sowie die Reinmachefrau zu betreuen, noch dazu beides erfolgreich, viel schwerer zu ersetzen war als ein Sekretär. Doktoren der Philosophie, die nach einer derartigen Stellung gierten, gab es im Überfluss.

Heute Morgen ist das Wetter herrlich, aber Gerold Trank leidet unter Magenschmerzen unklarer Ursache. Könnte auch das Herz sein, hat er gelesen. Der

Schmerz nimmt seine Eingeweide in den Griff, so wie das Leben Trank in den Griff nimmt. In dieser Verfassung ist er gar nicht erpicht auf Menschen. Er wünscht sich an eine einsame Küste mit weitem Blick auf zeitlose, in langen Wellen dahin rollende Wassermassen. Sie würden seine Schmerzen bestimmt fort spülen.

Zuvorderst stehen im Augenblick allerdings seine Aufgaben als zweiter Sekretär der 'Stiftung für die Ausbreitung humanistischer Ideale'. Das ist bestimmt kein einsichtiger Name. Und nur wenn Trank bekannt gibt, er arbeite für die SAHI, nicken die Zuhörer verständnisvoll.

Als erstes Mitglied des Stiftungsrates betritt Erziehungsrat Professor Berglass das Zimmer – einsneunzig gross, massig, Glatze mit grauem Haarkranz, Knubbelnase, weich fallender Vollbart. Hat er nicht einen Sokrateskopf, wenn er die randlose Brille ablegt? Damit ist die Ähnlichkeit mit dem Weisen aber auch schon zu Ende. Berglass ist, sagen wir es ruhig, geschwätzig. Ein Mann mit einem unbegrenzten Vorrat an Zeit. Bei seinen Aussagen holt er immer sehr weit aus, unter zehn Minuten schafft er es in keinem Fall. Nachher weiss dennoch niemand, worauf Berglass eigentlich hinaus wollte.

Berglass ist immer der erste Stiftungsrat, der erscheint. Nur so kann er sich den von ihm begehrten Platz sichern. Er setzt sich umständlich hin, oben am Tisch, nahe beim Stuhl des Präsidenten. Nachdem Trank sich zu ihm hinbegeben hat, erhebt er sich ebenso umständlich und schüttelt Trank minutenlang die Hand. Gleichzeitig beklagt er sich über die im Lauf des Tages zu erwartende sommerliche Hitze, die stockende Fahrt in die Stadt und die Mühe, einen Parkplatz zu finden. Kein Wunder. In diesen unguten Zeiten besitzen bereits die Sekretärinnen und Ladenmädchen eigene Autos und verstopfen damit alle Strassen. Während er spricht, blickt er Trank nicht etwa an, sondern behält die Türe im Auge. Und als Gewerkschaftssekretär Hartmann eintritt, bricht er seine bitteren Ausführungen zur Frauenemanzipation einfach ab und wendet sich dem Ankömmling zu.

Trank kehrt zum unteren Tischende zurück, an seinen angestammten Platz, den er mit dem Tonbandgerät teilt.

Dennoch begrüsst Hartmann zuerst ihn, wobei er, von Berglass abgewandt, eine verschwörerische Miene aufblitzen lässt. Er will damit ausdrücken, dass er Trank als Angehörigen der unteren Klassen anerkennt.

Trank hat herausgefunden, dass es nur sehr dicke oder sehr dünne Gewerkschaftssekretäre gibt. Im normalen Umfang sind sie scheinbar nicht zu haben. Hartmann gehört zu den Ersteren. Er setzt sich zu Berglass, der die ganze Zeit mit ausgestreckter Hand und ein wenig blödem Lächeln auf ihn gewartet hat und nun erneut anfängt mit dem sommerlichen Wetter, der stockenden Fahrt in die Stadt und der Mühe, einen Parkplatz zu finden, wobei er diesmal jedoch seinen Unmut über die Motorisierung der weiblichen Angestellten ausklammert. Mit seiner Schilderung vermag er allerdings keine Spur von Mitgefühl zu wecken. Hartmann ist ehemaliger Bahnbeamter und stolz darauf, keinen Wagen zu besitzen.

Nacheinander treffen die weiteren Stiftungsräte ein. Alles Herren in vorgerücktem Alter, so dezent gekleidet, dass Hartmanns schwarze Lederjacke und Professor Berglass' einst massgeschneiderter, nun formloser Cordanzug nicht hierher passen. Um den Tisch herum werden Hände geschüttelt, gepflegte, weiche, unterschriftsgeübte Hände. Präsident Biland tritt mit Brockstätte zusammen auf, und dieser erkundigt sich bei Trank über das Durcheinander hinweg sehr laut, ob er auch wirklich alles genaustens kontrolliert habe. Zum Schluss erscheint Nationalrat Oederlein, der alle begrüsst – ausser Trank.

Nun zückt der Präsident einen silbernen Kugelschreiber aus der Brusttasche. Er fängt an, damit penetrant auf den Tisch zu klopfen, bis das Geplauder verebbt und sich die grauhaarigen Köpfe, wie von unsichtbaren Kräften gesteuert, ihm zuwenden. Er spricht: „Meine Herren, ich bin berüchtigt dafür, Sitzungen pünktlich anzufangen. Ich habe, wenn's sein musste, auch schon ganz allein angefangen, doch heute ist dies, dank Ihrer erfreulichen Disziplin, nicht notwendig." Er sagt jedes Mal dasselbe. Immer lächeln die Stiftungsräte verbindlich, und Trank findet es peinlich. Biland fährt fort: „Ich bin froh, dass Sie vollzählig erschienen sind, geht es doch heute um eine bedeutsame Angelegenheit, nämlich um unsere Beiträge zur 700-Jahrfeier der Eidgenossenschaft."

Trank hat bereits sämtliche Tasten gedrückt, die es braucht, um das Tonbandgerät in Gang zu setzen. Die wippende Aussteuerungsanzeige bezeugt, dass die Worte des Präsidenten in Chromdioxid geprägt werden. Die Anwesenden hat er gleichfalls notiert, aus reiner Gewohnheit, unter Verwendung selbst kreierter Abkürzungen. B&B für Biland und Brockstätte, B' für Berglass; VW bedeutet von Warteck, das Oederleinsche O versieht er mit einem Bogen, sodass es dasteht wie eine Null, manchmal auch schreibt er Oed in Analogie zu Kind, was den langen Kindlimann verkürzt; und nachdem er anfänglich Hartmann als Hart abkürzte, veranlasste ihn dessen nachgiebiges Verhalten, zu einem nichts sagenden H überzugehen.

Trank erinnert sich daran, wie ihm Brockstätte am ersten Arbeitstag feierlich die Verantwortung für das Protokoll übertragen und ihn gemahnt hat: „Nehmen Sie diese Aufgabe nicht etwa auf die leichte Schulter, sondern denken Sie immer daran, dass das Protokoll, das für die Dauer Ihres Wirkens an der Stiftung Ihre Unterschrift trägt, in einem sicheren Archiv aufbewahrt wird, als wertvolle Quelle für künftige Historiker." Und daraufhin hat ihn Brockstätte angehalten, sich trotz Tonbandgerät Notizen zu machen, denn es könne nicht ausgeschlossen werden, dass auch die solideste Technik einmal versage.

Bis zu seiner elften Sitzung hat sich Trank musterhaft an diese Anordnung gehalten. Heute erlebt er die siebenundzwanzigste Sitzung und darf versichern, dass das Tonbandgerät, ein schweizerisches Qualitätsprodukt, ihn noch nie im Stich gelassen hat. Nicht nur das macht die Notizen überflüssig. Wenn jemand über alle Geschäfte Bescheid weiss, dann er. Er hat sie schliesslich unter der strengen Aufsicht von Brockstätte vorbereitet, der es liebt, unbarmherzig und vernichtend mit dem Rotstift in Tranks Entwürfen zu wüten. Zudem kennt Trank die Stiftungsräte inzwischen zur Genüge. Er vermag treffsicher zu prophezeien, was sie zu sagen pflegen. Und wie sie es sagen. Und bei welchem Anlass.

Trank wäre imstande, die Sitzung zu protokollieren, auch wenn sie gar nicht stattfinden würde.

Doch welch ein Skandal, wenn das Tonbandgerät tatsächlich einmal ausfiele und er ohne Notizen dastünde. Präsident Biland, der behauptet, die Menschen aufgrund einer einzigen Bewährungsprobe abschliessend beurteilen zu können – und die Episode mit der Reservelampe hat bestimmt bei ihm nachgewirkt –, würde ihn für immer abschreiben. Als arbeitsscheu, unseriös, verantwortungslos und sogar zynisch. Und Brockstätte, neben dem Schreibtisch des Präsidenten stehend, würde ausrufen: „So etwas ist seit der Gründung der Stiftung im Jahre 1833 noch nie vorgekommen. Die Sitzung muss wiederholt werden, es geht nicht anders, und ich befürchte, dass zumindest Oederlein und von Warteck augenblicklich ihren Rücktritt erklären – welche Schande."

Tranks elfte Sitzung fiel mit einem Anfall von Weltekel zusammen. Diesen ergründete er gar nicht erst, sondern benützte ihn dazu, sich ein bisschen Freiheit zu verschaffen. Er beschloss mannhaft, ab sofort die Niederschrift des Protokolls zu verweigern. Seitdem kritzelt er verschlüsselte Botschaften über die Anwesenden sowie private Erkenntnisse auf seinen Schreibblock. Bisweilen rekonstruiert er die Einkaufsliste, die ihm Maria diktiert hatte und die er wieder einmal auf dem Frühstückstisch vergessen hat.

Es tut ihm gut, sich an seiner im Verborgenen keimenden Verweigerung aufrichten zu können. Obschon oder gerade weil Ungehorsam für ihn nicht selbstverständlich ist. Er besitzt ein zwiespältiges Verhältnis zum Ungehorsam, und das schreibt er seiner streng katholischen Erziehung zu. Einerseits bereitet ihm die Auflehnung Schuldgefühle, andererseits geheime Lust.

Nun ergreift Präsident Biland eine Flasche, schenkt sich ein und trinkt einen Schluck. Trank bewundert die abgemessenen Bewegungen und sieht die Kohlensäurebläsen im Glas zur Oberfläche perlen. Biland unterdrückt ein Aufstossen und erkundigt sich, ob jemand zum Protokoll der letzten Sitzung etwas zu bemerken habe.

Professor Berglass lässt seine Hand in die Höhe

schnellen. Er sagt, es liege ihm zwar fern, pedantisch zu sein, aber dem Protokollführer sei ein dummer Tippfehler unterlaufen, und dieser könnte – vielleicht erst in hundert Jahren – zu Missverständnissen führen. In der sehr einleuchtenden Aussage von Herrn Oederlein auf Seite zwei unten habe Herr Trank aus Versehen 'Nationalrat' anstelle von 'Nationalart' geschrieben, und da es eine solche durchaus gebe – Fleiss, Bescheidenheit, Solidarität seien bekanntlich ihre Merkmale –, bitte er um Korrektur.

Der Präsident winkt Trank mit dem Kinn. Trank beugt sich über den Tisch, um seine angewiderte Miene zu verbergen. Er notiert die Telefonnummer seines Arztes auf den Protokollblock und schwört sich, diesen wegen der Magenschmerzen noch heute anzurufen.

Die Sitzung nimmt ihren Lauf. Trank sitzt in erzwungener Untätigkeit da und fühlt sich gefangen. Die Zeit läuft im Rhythmus seines Pulsschlages ab. In unendlich kleinen Schritten. Die Diskussion interessiert ihn überhaupt nicht. Genauso wenig wie in seiner Jugend das Ritual des Gottesdienstes, den er einzig auf Veranlassung seiner Eltern besuchte. Unweigerlich setzt der Gedankenfluss ein. Wie damals in der düsteren, mit Weihrauch geschwängerten Kirche.

Dieser stete und aushöhlende Gedankenfluss ist ein Fluch von biblischer Wucht. Er lässt sich nicht unterbinden. Er erlaubt nicht einmal die Drosselung seiner Geschwindigkeit. Kaum sinkt die äussere Aktivität auf null, setzt sich die innere durch. Wie in quälenden Nächten, wenn Trank keinen Schlaf findet. In ihm scheint eine gewaltige Menge von Gedanken an die Oberfläche zu drängen. Irgendwo existiert davon ein unerschöpfliches, überquellendes Reservoir.

Er hat schon versucht, diese bedrückende Situation mit Meditationsübungen tibetischer Mönche zu meistern, die eine vollkommene Entleerung des Geistes zum Zweck haben. Ohne Erfolg. Kaum verwunderlich, denn sein Leben unterscheidet sich schliesslich vollkommen von demjenigen eines tibetischen Mönchs. Die Überlegungen, die in seinem Kopf abspulen und kommen, wie sie kommen müssen, gehören einem mitteleuropäischen, neununddreissigjährigen Historiker, Doktor der Philosophie. Darüber hinaus ist er verheiratet, hat zwei rasant heranwachsende Kinder und besitzt ein zwar kümmerliches, dafür eigenes Reihenhaus im Grünen, achtzehn Kilometer von der Stadtgrenze entfernt. Im weiteren nennt er einen Saab 900 Turbo sein Eigentum, mit dem er gewöhnlich diese Strecke fährt, die Kraft überflüssiger Pferdestärken geniessend.

Heute ruht sich Tranks Traumwagen zu Hause aus. Hinter der Villa der Stiftung stehen nämlich zu wenig Parkplätze zur Verfügung. Sie sind, keine Frage, für jene Stiftungsräte reserviert, deren Beweglichkeit im höheren Interesse zu gewährleisten ist. Natürlich für Nationalrat Oederlein. Auch für Generaldirektor von Warteck, den Vorsitzenden der Konzernleitung der Allgemeinen Versicherungsgesellschaft für Leib und Leben. Selbst für alt Divisionär Kindlimann. Nicht aber für Professor Berglass, der auch gerne hier geparkt hätte, aber Brockstätte keine ausreichende Begründung liefern konnte. Und schon gar nicht für Gewerkschaftssekretär Hartmann, würde er einen Wagen besitzen.

Doch das alles ist Gerold Trank egal. Er schwebt in seinem Gedankengewebe und weiss nicht, was er will. Er weiss nur, dass ihn etwas quält und er endlich etwas unternehmen sollte, um herauszufinden, was das ist.

Der Kompass seiner Seele sollte sich einpendeln und ihm den richtigen Weg weisen.

Vorläufig tröstet ihn der Gedanke, dass nicht nur er in der Schwebe hängt. In der sonnigen Stadt da draussen müssen sich an diesem Morgen Hunderte von Menschen überlegen, weshalb sie unglücklich sind und wie sie ihrem Leben eine Wende geben können. Vermutlich leiden sie gleichfalls unter Magenschmerzen. Der eine oder andere mag dagegen etwas eingenommen haben, was sowieso nichts nützt: doppelkohlensaures Natron oder ein Gläschen Alpenbitter. Ihm hingegen hat sein Arzt befohlen: „Atmen Sie zwanzigmal tief durch und denken Sie über Ihre Schmerzen nach."

Stattdessen lässt er sich ablenken. Ihm gegenüber, hinter dem Präsidenten, hängt ein farbiges Gemälde. Ein Riesenbild, zweieinhalb mal vier Meter, schätzt er. Es füllt die eine Stirnwand des hellen Raumes fast aus und zieht Trank immer wieder in Bann. In einer grünenden und blühenden Natur schreitet eine nackte Frau von links nach rechts, ein Füllhorn im Arm, mit triumphierendem Ausdruck und schwellendem Leib, vor Fruchtbarkeit strotzend. Ein funktionelles Muttertier. Das Bild wirkt auf Trank als Inbegriff des sittlichen Appells, und von der nüchternen, unerotischen, humorlosen Szene fühlt er sich heute Morgen sonderbar abgestossen, ohne zu wissen, warum.

Muss er sich das gefallen lassen? Aber gewiss nicht. Mit der Kraft seiner Fantasie formt er einen warmen, weiblichen Leib, der sich vor ihm auf der Tischplatte räkelt. Ausgestattet mit Eigenschaften von Frauen, die er erkannt hat (seine Frau Maria, seine zeitweilige Geliebte Elisabeth) und solchen, die er nur wahrgenommen hat. Er denkt an samtig schimmernde, helle Haut, oder an die Art, wie eine Oberlippe beim Lächeln über die Zähne zurückgezogen wird, an die Form eines Knies und ähnliche Details, die ihn unweigerlich veranlassen, sich sogleich heftig in die ganze Person zu verlieben. Die köstliche Rundung zweier nebeneinander liegender Brüste, wenn sich das Geschöpf vor ihm auf den Rücken dreht und ebenso, wenn es aufsitzt. Zart geschwungene Hüften, ein niedlich gekräuseltes Dreieck, das Ziel aller Ziele.

„Das ist die Wirklichkeit", denkt er, „und was sich im Sitzungszimmer abspielt, bedeutet nur eine Scheinwelt. In ihr werde ich gelegentlich an Austrocknung zugrunde gehen, aus Mangel an Erotik und aus Mangel an Humor."

Wo sind in seinem Alltag Humor und Erotik geblieben? Er erinnert sich zehn oder zwölf Jahre zurück, als Maria und ihn knisternde Anziehung verband und sich ihr Liebesleben auch in der Lust an sprachlichen Spielereien ausdrückte. Daran ist heute nicht mehr zu denken. Sein Dasein ist erdrückend lustlos geworden. Auch seine Turnübungen mit Elisabeth sind immer todernst abgelaufen. Trank glaubt, dass Humor und Erotik Künste sind, die das Leben erträglich machen. Ihre Kombination bedeutet sogar eine Steigerung. Viele mittelalterliche Schwänke beruhten geradezu auf einer Verbindung von Humor und Erotik. Das weiss niemand besser als Trank, seines Zeichens Mittelalterspezialist.

Stopp. Das ist Vergangenheit und gehört zu einem andern. Er hat dieses Berufszeichen längst abgelegt. Heute ist Dr. phil. Gerold Trank Sekretär, und zwar in einer durch und durch ernsthaften Institution, die weder mit Humor noch mit Erotik das Geringste zu schaffen hat.

Derweilen beschäftigt sich der Stiftungsrat mit dem neuen Antragsformular. Die viel versprechende jüngste Tochter des Präsidenten hat es auf ihrem Heimcomputer kreiert. Sie wurde dafür von der Stiftung fürstlich honoriert. Trank weiss das, weil der in solchen Angelegenheiten vorsichtige Brockstätte ihn anwies, den Check an seiner Stelle zu unterzeichnen. Die Tochter studiert Kunstgeschichte. In Fragen der Gestaltung ist sie demzufolge für Präsident Biland die letzte Instanz.

Zuoberst prangt das Signet der SAHI. Darunter steht fett gedruckt der Satz 'Jeder Schweizer, der im Besitz der bürgerlichen Rechte ist, darf bei der Stiftung Unterstützung für Zwecke beantragen, die im Einklang mit den humanistischen Idealen stehen'.

Die Sekretärinnen der Stiftung regten sich darüber nicht wenig auf. Sie taten sich zusammen und verlangten, dass auch die Schweizerin erwähnt wird. Brockstätte winkte ab. „In dieser Formulierung beinhaltet 'Schweizer' selbstredend auch das weibliche Geschlecht", verkündete er. „Ein Glück, dass keine Frau im Rat sitzt, sonst hätten wir über diesen Punkt eine Riesendiskussion zu führen", bemerkte er, als sie allein waren, mit gackerndem Lachen zu Trank.

Nun führen die Herren unter sich eine Riesendiskussion. Muss ein Antragsteller militärischen Grad und Einteilung angeben, wie es alt Divisionär Kindlimann verlangt? Und seinen Arbeitgeber, laut Generaldirektor von Warteck? Zwei Referenzen von Persönlichkeiten des öffentlichen Lebens dürfen in keinem Fall fehlen, macht Nationalrat Oederlein geltend.

Trank graut davor, diese Einzelheiten im Protokoll wiederzugeben. Wozu auch? Die Stiftung dient nach hundertsechzig Jahren schleichender Anpassung ohnehin nur noch einem Zweck: Sie spielt die Bank. Als Trank bei der SAHI anfing, erklärte ihm Brockstätte den Vorgang. „Sehen Sie, unser Staat überbordet. Kein Wunder, wollen ihn unsere grossen Unternehmen nicht noch mehr mästen, also vermeiden sie Steuern, wo immer es geht. Aber weil sie dennoch patriotisch gesinnt sind, spenden sie uns reichlich Geld, und wir finanzieren damit alpine Jugendsportlager, Armbrustwettschiessen, Schwingerfeste, Wanderausstellungen über die Heldentaten der Vorväter, Sängertreffen, Laienoperetten und Lokalchroniken, sofern sie die Vergangenheit gebührend ehren."

Alles Angelegenheiten, die sich in die bestehende Ordnung einfügen, denkt Trank. Die bestehende Ordnung ist eine machtvolle Tatsache, mit der er sich fast abgefunden hat – als Historiker zählt er allerdings auch darauf, dass unserer Welt der Wandel innewohnt.

Wobei sich erst etwas verändert, wenn es der Lauf der Geschichte will. Vorher nicht. Seiner Meinung nach irren die Menschen grundsätzlich, wenn sie annehmen, sie hätten irgendwelche Entwicklungen in der Hand und könnten den Wandel selbst herbeiführen. Die Entwicklungen haben vielmehr die Menschen in der Hand. Im besten Fall bringen es diese zustande, ameisenhaft in der vorgezeichneten Richtung des Geschehens mit zu trippeln, statt sich dagegen zu stemmen. Alles kommt, wie es dank der Mechanismen der historischen Entwicklung kommen muss.

Nun ist es leider so, dass die geschichtliche Entwicklung nicht nur die Völker und die ganze Menschheit determiniert, sondern auch das Individuum Gerold Trank. Immerhin kann dieser Hoffnung aus dem physikalischen Modell schöpfen, wonach das einzelne Molekül beim Ablauf eines Prozesses mehr

Spielraum besitzt als die Gesamtheit der Moleküle.

Nur, wie gross ist der Spielraum, der ihm zugestanden wird?

Die Kräfte, die das Leben des Einzelnen bestimmen, wirken zweifelhaft und undurchschaubar. Sie haben ihn zum zweiten Sekretär der SAHI gemacht, vermutlich für immer, Brockstätte hingegen zu deren erstem Sekretär, und das ist eine erstklassige Ausgangsposition, darüber sind sich alle einig. So begannen Karrieren wie jene von Präsident Biland, Generaldirektor von Warteck und Nationalrat Oederlein.

Es gab eine Zeit, da versuchte Trank, das Phänomen der Karriere historisch zu ergründen. Verschämt schlug er im Historisch-Biographischen Lexikon der Schweiz nach und entdeckte, dass der Stiftungspräsident einer angesehenen Schweizer Dynastie entstammt. Er fand einen Bundesrat Biland, mehrere Generalstabsoffiziere, drei Generationen von Unternehmern sowie den einen oder anderen Geistlichen.

Die empörende These, dass die Oligarchie das Land fest im Griff habe und ihre Erneuerung verhindere, verwarf er trotzdem rasch und mit nachsichtigem Lächeln. Er brauchte sich nur das Heer der Emporkömmlinge anzusehen. Gerade im Stiftungsrat sassen einige davon.

Professor Berglass, zum Beispiel. Anfänglich behandelte er Trank mit penibler Ehrerbietung. Später fiel ihm ein, dass der zweite Sekretär weit unter ihm stand, und ein ekliger Tonfall schlich sich Trank gegenüber ein.

Nationalrat Oederlein ist ebenfalls ein Emporkömmling. Allerdings einer von der harten Sorte. Ein Bauernbub aus ärmlichen Verhältnissen. Zwei Stunden Fussmarsch morgens und abends ins Nachbartal zur Schule, auch im kältesten Winter, schallt es zuweilen von ihm, wenn der Stiftungsrat sich kritisch mit dem heutigen Wohlstand befasst.

Nicht aber alt Divisionär Kindlimann, der Nachkomme eines Generalleutnants in napoleonischen Diensten. Ebenso wenig Generaldirektor von Warteck. Sein Adelsprädikat ist einwandfrei.

Hätten die heimlichen Mächte richtig gewürfelt, wäre Trank selbst ein Emporkömmling. Prof. Dr. phil. Gerold Trank, wie klänge das? In Gepflogenheiten der akademischen Gemeinschaft erfahrene Menschen kennen seinen Fall und meinen, es habe nicht viel gefehlt.

Kaum mehr zu zählende Jahre lang hatte er sich als Assistent des berühmten Mittelalterforschers Professor Wickler über die weltlichen Niederungen erhaben gefühlt. Er hatte ergeben für seinen Chef bibliographiert, korrespondiert, öde Wälzer besprochen und streng riechende Studenten betreut. Stolz hatte er Wicklers Seminare geleitet und glücklich mit dem Meister einundreissig gelehrte Artikel publiziert.

Zwei Jahre vor seiner Pensionierung, beim weinseligen Weihnachtsfest des Instituts für mittelalterliche Geschichte, hatte der alte Herr Trank als seinen wahrscheinlichen Nachfolger bezeichnet und ihm zur Krönung seine speckige Fellmütze aufgesetzt.

Trank hatte daran geglaubt.

Seine unglaubliche Naivität schrie laut danach, enttäuscht zu werden. Die folgenden Ereignisse waren zweifellos Wehen, denn er kam durch sie zur Welt. Er wurde aus der warmen, schützenden Bauchhülle seiner historischen Quellentexte ausgestossen in die Wildnis der Arbeitswelt und unvorbereitet dem Lebenskampf ausgeliefert.

Vieles war Trank, zwar noch nicht so scharf umrissen, schon damals bewusst geworden und hatte ihn geschmerzt. Rückblickend ist ihm alles sonnenklar. Der an der Universität verhasste Wickler schritt der Vergessenheit entgegen und hatte nichts mehr zu sagen. Er unternahm einen letzten Versuch und servierte dabei seinen Kandidaten Trank ab. Klopfte bei den wichtigen Männern an und empfahl ihnen einen ehemaligen Schüler, der inzwischen an der Sorbonne wirkte. Der Höhepunkt kam, als er Trank in sein Büro rief, hinter seinem Schreibtisch aufstand und seinen verdatterten Assistenten bat: „Verzichten Sie im Interesse der mittelalterlichen Geschichte auf Ihre Kandidatur und unterstützen Sie Ihren ehemaligen Kollegen, sonst verlieren wir den Lehrstuhl an einen dieser verfluchten Neuzeitler."

Trank tat ganz etwas anderes. Das einzig Richtige, davon ist er noch heute überzeugt. Am Semesterende weigerte er sich einfach, seinen Halbjahresvertrag zu erneuern. Die Sekretärin des Dekans rief ihren Chef herbei, der die Welt nicht mehr verstand. Die Universität wird von Bewerbern belagert, die nach der nährenden Mutter lechzen. Sie ist es, die entscheidet, wann eine Anstellung beendet ist und wann nicht.

Trank liess den vor Kränkung hilflos zitternden, in jüngster Zeit stark gealterten Mittelalterprofessor ein halbes Jahr vor dessen Pensionierung einfach sitzen und kehrte der Universität endgültig den Rücken.

Maria hatte seine Enttäuschung geteilt, nun teilte sie seine Auflehnung. Sie besass eigene Ersparnisse, die sie für einen Notfall aufgehoben hatte. Sie beschlossen, die ihnen unverhofft geschenkte Freiheit zu nutzen und mit den Kindern so lange zu verreisen, als das Geld reichte.

Einige Monate in vollkommener Ungebundenheit auf der Belle-Ile, vor der bretonischen Felsenküste. Trank verliebte sich in das rötliche Gestein und das tiefgrüne Meer.

Maria, zu einem Viertel Bretonin, besass auf der Insel Verwandte. Sie weilten zum zweiten Mal hier. Das erste Mal war auf der Hochzeitsreise gewesen, im Gewimmel der einander scheeläugig belauernden Sommerurlauber.

Jetzt, im windigen April, trieben blendend weisse Wolkenschiffe über den sattblauen Himmel, und der Saisonbetrieb lag fern. Die Verwandten hatten ihnen eine Hütte an der Küste überlassen, mit zwei hellen, salzig riechenden Zimmerchen. Dort lebten sie primitiv, dafür praktisch kostenlos. Es sah so aus, als würden sie endlos hier bleiben. Die Zeit entschwand wie ein Zugvogel.

Trank hat manchmal das Gefühl, er zehre noch heute von diesem Aufenthalt.

Als er an einem luftig-schönen Sommertag im Hauptort Le Palais die Post abholte, die ihnen Marias Mutter nachsandte, packte ihn die Arbeitswelt wieder. Seine Bewerbung für die Stelle eines zweiten Sekretärs bei der angesehenen Stiftung für die Ausbreitung humanistischer Ideale – abgefasst am Tag, als er die Türen der Universität hinter sich zuschlug, und ohne tiefere Hoffnung in den Briefeinwurf gesteckt – war beantwortet worden.

Marias ängstliche und gegenüber allen Institutionen respektvolle Mutter hatte den Brief mit dem Signet der SAHI express nachgesandt. Darin stand in überraschend herzlichem Ton, die Stiftung schätze sich glücklich, dass sich ein in Fachkreisen bekannter, junger Historiker für diesen Posten interessiere. Trank möge sich zu einem Gespräch einfinden, wann es ihm beliebe, doch am liebsten sobald als möglich. Unterschrift des Präsidenten.

Trank fühlte sein verwundetes Herz heilsam angerührt. Dass der Präsident ihn als Historiker willkommen hiess, bewies ähnliche Achtung vor der Wissenschaft, wie er selbst sie noch immer hegte. Er stand vor dem Postamt und fing an zu träumen. Vielleicht konnte er den Verlust der akademischen Stellung wenigstens teilweise wettmachen und in dosierter Menge weiter forschen. Er sah vor sich das Bild, wie er dem Präsidenten gegenüber trat und ihm keck das Angebot unterbreitete, eine Geschichte der SAHI zu schreiben.

Damals wusste er noch nicht, dass alle derartige Korrespondenz von der Sekretärin des Präsidenten verfasst wurde, welche die Menschen so gründlich kannte, wie es nur eine Frau in dieser Stellung fertig brachte. Sie schrieb genau das, was er hören wollte, ohne dass es unwahrscheinlich klang. Die perfekte Verführung.

Dennoch war Trank niedergeschlagen, als er zur Strandhütte zurückkehrte. Er fand Maria in alten Jeans und einem formlosen grauen Pullover, ihr schwarzes Haar zu einem Pferdeschwanz gebunden, am Herd stehend und Fischsuppe kochend. In dieser Momentaufnahme erschien sie ihm besonders reizvoll. Er verharrte unter der Tür und spürte, wie ihn Tausende von unsichtbaren Fäden mit dieser Frau verbanden. Sie drehte sich um und lächelte ihn an. Genau wie zur Zeit, als sie sich kennen gelernt hatten – auf einem Zeltplatz am Bielersee.

Trank war damals nach Abschluss des Studiums mit seinem Citroen 2CV unterwegs nach Südfrankreich, Maria weilte ein paar Tage bei ihrem Bruder und dessen Frau, die hier ihre Sommerferien verbrachten. Trank und das Mädchen fingen augenblicklich Feuer. Ohne Zögern packte Maria ihren kleinen Damenrucksack und fuhr einfach mit ihm weg.

Das war damals sechs Jahre her – und liegt jetzt vierzehn Jahre zurück.

Der Aufenthalt in der Bretagne liess jenen in der Provence aufleben, wo sich ihre Weltlinien verknüpft hatten – ein Pinienhain, überwachsenes Gemäuer, der Duft von Lavendel und von ihren jungen Körpern, vor Hitze flimmernde Luft.

Obschon sie jetzt die Kinder bei sich hatten. Aber Trank hat Glück, seine Kinder sind meist heiter und ruhig, sie hängen sehr aneinander und spielen am liebsten miteinander. Anders als die quengelnden kleinen Zerstörer, die er sonst kennt. Er schreibt dies dem Wesen Marias zu, das im Grundton der Gelassenheit schwingt – sicher nicht seinem eigenen, von Schwankungen und Störungen heimgesuchten Naturell.

Maria war von der Stelle bei der SAHI begeistert.

Sie dachte an einen dauerhaften Platz in der Gesellschaft, sogar an Ansehen und ein höheres Salär. Die Kinder waren nicht weniger begeistert. Weil es ihnen, wie Trank merkte, hier zwar gefiel, aber an Abwechslung fehlte. Sie wollten wieder zurück in ihre frühere Welt, zu ihren Freunden und den Grosseltern.

Die Verwandten auf der Insel waren dafür kein Ersatz. Griesgrämig, unvertraut und nicht gewillt, auf die Kinder einzugehen. Den Kleinen waren die paar Anstandsbesuche auf dem immer kotigen, unaufgeräumten und ein bisschen unheimlichen Hof von Grosscousine Berthe peinlich. Und von dem steinalten, fettigen Hausgebäck, Galettes genannt, das Berthe mit gichtigen Fingern aus der Blechdose klaubte und ihnen vors Gesicht hielt, bis sie kapitulierten, wurde ihnen fürchterlich schlecht.

Also fuhr Trank am selben Tag nochmals nach Le Palais und buchte Plätze für die nächste Fähre.

Am folgenden Tag, im Licht einer dramatischen Morgenröte, packten sie ihre Habe in den 2CV, gaben die Hütte zurück und machten sich auf den Heimweg.

Sie schafften es an diesem Tag bis Vierzon und übernachteten in einem düsteren und muffigen Hotel. Seither rät Trank jedem Reisenden, das Nest Vierzon zu meiden. Am Morgen registrierte er bei sich und Maria Bisse von Flöhen, Läusen oder Wanzen.

Bange sah er sich mit unübersehbarem Juckreiz und kahl geschorenem Schädel zum Vorstellungsgespräch erscheinen. Doch sein Arzt lachte ihn aus, griff zum Rezeptblock und erklärte, diese Zeiten seien vorbei. Er verschrieb ihm ein modernes Shampoo, das Trank an drei aufeinander folgenden Abenden anwenden und danach jedes Mal die Wäsche wechseln sollte. Das helfe garantiert, meinte der Arzt.

Feierlich meldet sich alt Divisionär Kindlimann zum Wort. Er fordert den Stiftungsrat auf, die Herausgabe eines Bildbandes sämtlicher schweizerischer Heerführer der letzten 700 Jahre (achtzig Prozent davon in fremden Diensten – schade) zu finanzieren.

Er spricht so laut, dass Trank aus seinen Gedanken gerissen wird und gar nicht anders kann als zuhören. Das dröhnende Organ passt schlecht zur Magerkeit des ehemaligen Generals. Brockstätte behauptet, diese sei in der ganzen Armee sprichwörtlich gewesen. Unmöglich für einen feindlichen Schützen, den Strich Kindlimann zu treffen.

Der Präsident fasst Brockstätte am Ellbogen und raunt ihm etwas zu. Dieser winkt Trank herbei und flüstert: „Rufen Sie Herrn Dr. Hablützel an, Sie wissen schon, unsern Anwalt, Fräulein Derring hat die Nummer, und sagen Sie ihm, Herr Präsident Biland wolle ihn morgen um elf bei sich im Büro treffen."

Leise geht Trank hinaus.

Wenn das Tonbandgerät jetzt ausfällt, gibt es kein

Protokoll. Was sagen B&B dann? Nichts. Weil es den beiden nämlich egal ist. Sie bestimmen, wann ein Fehler passiert und wann nicht, stellt Trank neidisch fest und erkennt, sein Platz befindet sich ausserhalb der Schwelle zum Raum der Macht, von dem aus über andere Menschen verfügt wird. Denn jetzt ist genau der Zeitpunkt, da man auf das Protokoll verzichten kann. Von Kindlimann ist kein Donnerwetter zu erwarten, wenn er sich im Protokoll nicht wieder findet. Ausser vielleicht, wenn es um die schweizerische Kavallerie ginge, der Kindlimann nachtrauert. Er befehligte eines der letzten Kavallerieregimenter.

Trank klopft zurückhaltend an die Tür und betritt zögernd das Büro von Fräulein Derring, Brockstättes Sekretärin. Von hier blickt man auf den bemoosten Hinterhof. Im Schatten hundertjähriger Bäume stehen die Autos. Kindlimanns altertümlicher Mercedes, vermutlich sein ehemaliger Dienstwagen, den er der Armee bei der Pensionierung abgeschnorrt hat. Oederleins Maserati und der grosse Volvo des Präsidenten, ein schnittiger Panzerwagen. Hätte besser zum Versicherer von Warteck gepasst, doch der fährt einen geländegängigen Jeep.

Das Zimmer von Fräulein Derring besitzt eine starke persönliche Note. Überall Blumengestecke in der Art des Ikebana. Bestimmt hat sie einen einschlägigen Kurs besucht. Sie selbst wirkt sehr gepflegt und nach Tranks Ansicht irgendwie veredelt. Und sie sieht so aus, dass Trank sich eine Affäre mit ihr wünscht.

Kein abwegiger Gedanke.

Mit ihrer Vorgängerin hat er nämlich eine gehabt, dreieinhalb Monate lang. Aber erst, als sie nicht mehr bei der Stiftung angestellt war. Ein Verhältnis am Arbeitsplatz? Niemals, und schon gar nicht mit Brockstättes Sekretärin, weil er als Mittelalterspezialist einen ungeschriebenen Anspruch seines Vorgesetzten spürt und respektiert. Und so bleibt es dabei: Trank verspürt Lust, wenn er Fräulein Derring erblickt, aber er gestattet sich keine Annäherung.

Das macht ihn in Gegenwart der jungen Frau verlegen.

Er weiss übrigens, dass er sich kompliziert verhält, weil er in einem Netz von Moral, Angst, Gewissen und Begierde zappelt. Er ist nämlich ein geübter Beobachter menschlichen Verhaltens, auch an sich selbst. Das hat mit seiner Persönlichkeit zu tun, die zweigeteilt ist. Mit klinischem Interesse registriert Trank der nüchterne Wissenschaftler genau, welchen Emotionen sich Trank der Kopflose hingibt. Meistens liegen die beiden Wesensanteile im Widerstreit, aber sie sind einander ebenbürtig, so dass keiner auf Dauer gewinnt. Manchmal finden sie sich zu einer Kooperation zusammen. Dann ist es der Nüchterne, der für den Kopflosen die Chancen ausrechnet, die er bei Fräulein Derring besitzt. Trank merkt, dass die junge Frau ihn mag, aber nur auf Distanz.

Fräulein Derring dreht sich auf ihrem Bürostuhl weg und überlässt ihm ihr Telefon. Er erhascht einen Blick auf ihre delikaten, seidig bestrumpften Schenkel, bevor sie den Rock hinunterzupft. Trank erledigt das Telefonat. Der morgige Tag passt nicht. Herr Hablützel beteuert, Herr Biland habe für ihn immer höchste Priorität, aber morgen sei er am Gericht, das sei ein absolutes Muss. Übermorgen um zehn würde es ihm passen. Trank erklärt lahm, er kenne den Terminkalender von Herrn Biland nicht und müsse mit ihm Rücksprache nehmen, er rufe wieder an.

Auf dem Rückweg ins Sitzungszimmer schämt er sich für die bürokratische Formel „Rücksprache nehmen". Und er ärgert sich, dass der Präsident ihn solche Aufgaben erledigen lässt.

Immerhin, was hat er zu bemängeln? Er arbeitet für eine alteingesessene Institution, deren Ansehen auf ihn abfärbt. Er bezieht ein passables Gehalt und lebt damit nicht gerade luxuriös, aber recht angenehm, mit eigenem Haus und dem Saab 900 Turbo.

Das Haus allerdings ist nur ein Häuschen, nicht grösser als eine Wohnung, mit minimalem Umschwung – nach wenigen Schritten erreicht er seine Grenzen. Und den Saab hat er als Gebrauchtwagen gekauft. Doch zu Professor Wicklers Zeiten hat er sich nur eine Dreizimmerwohnung mit verschimmelten Wänden und einen Citroen 2CV leisten können. Dieser persönliche Fortschritt wiegt die zweifelhafte Stellung eines zweiten Sekretärs einigermassen auf.

Oder doch nicht?

Trank fühlt sich unwohl, wenn er solche Rechnungen anstellt. Er denkt: „Sie beengen mich genauso wie die Lebensumstände, die ich auf diese Weise berechnen möchte. Sie machen alles kaputt, hören wir auf damit."

Gewerkschaftssekretär Hartmann ist daran, seine Meinung abzugeben. Dem Kompendium schweizerischer Heerführer, erklärt er zögernd, könne er zustimmen, sogar, dass es auf Glanzpapier gedruckt werde. Als Gewerkschafter stehe er zur Schweizer Geschichte, die zweifellos auch eine der Kriege gewesen sei, aber nicht nur. Zufällig liege auch ein Antrag zu einem Werk vor, das sich mit dem Schicksal der unteren Klassen beschäftige, welches in den vergangenen Jahrhunderten laufend verbessert worden sei, und diese Leistung dürfe die Schweiz auch vorzeigen. Und übrigens seien die beiden Geschichten miteinander verknüpft, hätten doch die Heerführer ihre erforderlichen Söldner aus den unteren Klassen rekrutieren müssen.

Trank gähnt. Schade, dass die Fenster so hoch liegen. Im Sitzen erblickt er einzig die Spitze des bewaldeten Stadtberges, eine vom morgendlichen Dunst weich gezeichnete, grünliche Silhouette, mit bizarren Fernmeldeantennen gespickt, die aussehen wie moderne Kunstwerke; des Weiteren zwei Hochhäuser. Am einen wird die Glasfassade gereinigt. Er schaut zu, wie die Putzequipe in ihrem Korb hinunter schwebt und mit gekonnten, rationellen Bewegungen Stockwerk um Stockwerk reinigt, bis der Korb am unteren Rand des Blickfelds entschwindet.

Von Warteck wendet ein: „Welches ist denn, bitte sehr, die geschichtliche Leistung Ihrer unteren Klassen? Haben sie etwa die Verfassung entworfen, die Eisenbahn eingeführt oder Industrien gegründet?"

Der Historiker Trank hätte Antworten bereit, erkennt aber deren Wirkungslosigkeit. Hartmann auch, er murmelt: „Entschuldigen Sie, ich wollte nur zwei ähnliche Traktanden zusammenfassen und Zeit sparen." Nach der Sitzung wird er sich an Trank hängen und ihn herausfordern: „Haben Sie bemerkt, wie die den Klassenkampf austragen, was sagen Sie als Historiker dazu?" Trank muss dafür sorgen, dass er ihm entkommt.

Präsident Biland wendet sich dem Gewerkschafter zu und bemerkt spitz, die Reihenfolge der Traktanden habe er persönlich gewählt, und er habe geglaubt, es sei Sache des Vorsitzenden, die Sitzung zu strukturieren. „Selbstverständlich ist das Ihre Sache", ruft Hartmann schnell, „machen Sie nur meinetwegen keine Umstellungen."

In solchen Situationen empfindet Trank Mitleid mit Hartmann. Weil ihn dieser an seinen hilflosen Vater erinnert. Der war Modellschreiner in einer Maschinenfabrik und versank ganz in seiner Arbeit. Vor dem übrigen Leben floh er und überliess dessen Bewältigung Tranks Mutter.

Trank hat diesbezüglich von seinem Vater überhaupt nichts lernen können. Hingegen hat sich offenbar die Feinarbeit des Modellschreiners in der wissenschaftlichen Akribie des Historikers fortgesetzt. Daran glaubt Trank mit Gefühl, wenn er seines Vaters gedenkt, der längst verstorben ist.

Sein Mitleid mit Hartmann verfliegt, kaum hat er mit ihm persönlich zu tun. Nur im Stiftungsrat benimmt sich Hartmann zurückhaltend. Allein mit Trank dominiert er diesen ganz schön. Nach Tranks dritter Sitzung hatte sich Hartmann an ihn herangemacht und ihn zu einem Bier à deux eingeladen. Derart verschwörerisch-diskret, dass es allen auffiel. Brockstätte spöttelte noch lange darüber.

Trank verspürte gar keine Lust auf ein Bier mit Hartmann, brachte es aber nicht übers Herz, nein zu sagen. Wenn ihn jemand zum Mitmachen auffordert oder ihn um einen Gefallen bittet, ist er knetbar wie Teig. Die Fügsamkeit in Person. Völlig ungewappnet den Forderungen ausgesetzt. Er weiss das genau und kann es dennoch nicht ändern.

Nur ganz selten vermag er seine Wehrlosigkeit zu überwinden. Wenn er wütend wird, ist er imstande, verletzende Worte wie frisch geschärfte Speere herum zu schleudern. Ohne Rücksicht auf seine ohnehin fragilen Beziehungen zu den Mitmenschen.

Zum Glück hat er solche Ausbrüche selten. Sie befriedigen ihn ohnehin nur für den Augenblick. Im Nachhinein fühlt er sich unwohl. Entweder bleibt er ruhig, dann haben ihn die anderen in der Hand, oder er wird wild, aber dann hat er sich, genau genommen, auch nicht in der Hand. Das eine Verhalten wiegt das andere nicht auf.

Dies alles lastet er seiner Gespaltenheit an. Wenn er ruhig ist, kann Trank der Nüchterne dem Drängen der Mitmenschen nur mit rationalen, begründeten Argumenten begegnen. Und gegen den Vorschlag, mit Hartmann irgendwo ein Bier zu trinken, gibt es, falls Trank nicht gerade Dringendes zu erledigen hat, kein Argument. Ist er hingegen wild, schlägt der Kopflose alles kurz und klein.

Trank seufzt vernehmlich. Kindlimann wirft ihm einen Blick zu, der ausdrückt: Unterlassen Sie gefälligst dieses weibische Getue.

Und die Folge damals: Hartmann zählte ihm drei unerträgliche Stunden lang, über einem schal werdenden Bier, alle Machenschaften gegen ihn als Vertreter der Arbeitnehmer auf.

Er rief: „Die denken, der dumme Hartmann merkt nichts. Falsch, er sieht alles, er tut nur so, als ob er die Akten studiert. Wenn von Warteck Kindlimann anstösst, ihm etwas zuflüstert und dieser lächelt, so ist bestimmt ein Witzchen auf mich gemünzt worden. Und der Präsident mahnt immer gerade dann, sich kurz zu fassen, wenn ich am Reden bin. Und ist es nicht offensichtlich, dass Brockstätte mir nicht denselben Respekt entgegenbringt wie den anderen Stiftungsräten?"

Trank wagte keinen Widerspruch, stimmte der Verschwörungstheorie aber nicht zu. Die Zuneigungen und Abneigungen beziehen sich nicht nur auf Hartmann. Der Präsident schätzt vor allem Oederlein, verachtet hingegen Berglass. Oederlein hält sich an von Warteck und meidet Berglass sowie Kindlimann. Von

Warteck bewundert Kindlimann und buhlt erfolglos um den Präsidenten.

An jenem Nachmittag war Trank klar geworden, worunter Hartmann litt. Die Stiftungsräte behandelten ihn mit grausamer Indifferenz. Er gehörte nicht zu ihnen und war für sie bedeutungslos.

Fräulein Derring betritt schwungvoll das Zimmer. Sie bringt Brockstätte eine Notiz, die dieser dem Präsidenten überreicht, und entfernt sich wieder. Erneut erhascht Trank einen Blick auf ihre wohlgeformten Beine. Ihr kurzer, enger Jupe ist raffiniert geschlitzt und enthüllt beim Schreiten reizvolle Details oberhalb der bürgerlichen Demarkationslinie der weiblichen Knie.

Wie kommt es, dass im Stiftungsrat keine Frauen sitzen, obwohl doch auch die weibliche Hälfte der Bevölkerung von der Stiftung profitieren darf?

Die Männchen versammeln sich, verbannen die Weibchen aus ihrem Gesichtsfeld, plustern sich auf und dreschen Phrasen. In Anwesenheit von zwei, drei umwerbungswürdigen Frauen müssten die Sitzungen anders ablaufen. Ohne stundenlanges Palaver um Nichtigkeiten, oder der Anspruch auf männliche Effizienz wäre dahin. Denn diese modernen Frauen debattieren oft gewandt und rücksichtslos.

Und die Herren dürften sich keinesfalls so gehen lassen wie jetzt. Generaldirektor von Warteck dürfte sich nicht mehr im Stuhl zurücklehnen, sich mit starrem Blick ungeniert im Schritt kratzen und dadurch demonstrieren, dass auch in seinen Kreisen die Filzlaus regiert; alt Divisionär Kindlimann müsste endlich etwas gegen seinen bestialischen Mundgeruch unternehmen; und Professor Berglass wäre gut beraten, in dieser Umgebung seine Anzüglichkeiten gegen die motorisierten Arbeitnehmerinnen zu unterlassen.

Auf der anderen Seite gäbe es bestimmt noch mehr Imponiergehabe als jetzt schon. Wer hat denn jahrelang mit seiner Grenzdivision das Land gegen Aggressoren jeglicher Herkunft gesichert, wenn nicht Kindlimann? Wer sorgt dafür, dass unsere Unternehmen zwar nicht gesetzlich gefördert, doch zumindest nicht gehemmt werden? Selbstverständlich Oederlein, der Ordnungspolitiker. Und wer übernimmt die Rolle des ausgleichenden Schicksals und versichert das Ganze? Niemand anderer als von Warteck. Wobei sie alle das nur zu tun vermögen dank dem hohen Ausbildungsstand unserer Elite, und dafür ist nun einmal Erziehungsrat Professor Berglass zuständig. Nur Biland und Hartmann verzichten darauf, den anderen zu imponieren. Biland, weil er sowieso über allen steht. Hartmann aus Einsicht. Die Werte, die er vertritt, werden hier nicht anerkannt.

„Was soll's", kommt Trank zum Schluss, „ich kann es drehen wie ich will, ein weibliches Element passt einfach nicht zu dieser Herrenrunde."

Und Fräulein Derring lässt er ziehen. Etwas nämlich hat ihn sein Verhältnis mit Elisabeth gelehrt. Die Eroberung ist das Reizvolle, nicht das Erreichte. Nur bei der ersten Umarmung dachte er triumphierend: „Das ist es, was mir noch fehlte!" Was dann folgte, glich bald verblüffend einem schalen und dazu noch unbequemen Eheleben.

Elisabeth besass einen hinreissenden Körper. Aber diesen durfte er nicht auskosten. Sie lehnte seine Erkundungsversuche mit Mund und Fingern als unseriöse Spielerei ab und verlangte, im Sturm genommen zu werden, hopphopp. Nachher lag sie in seinem Arm und redete, eintönig und endlos. Vom Büroalltag. Von der Mode. Von Frauenproblemen. Sogar von Politik – sie konsumierte regelmässig die Fernsehnachrichten und erzählte brav nach, was sie am Bildschirm vernommen hatte. Darüber schlief Trank ein, und als er nach kurzem Schlummer erfrischt erwachte, lag Elisabeth stumm neben ihm als ein einziger schöner Vorwurf.

Trank besuchte sie auf seinem Heimweg in ihrer Wohnung. Er kam nicht viel später als sonst nach Hause und machte dafür glaubhaft den Stossverkehr verantwortlich. Einmal fuhr er nach einem Sommerregen heimwärts, frische Luft wehte durch das offene Wagenfenster, und im Radio spielten sie herbe französische Liebeslieder. Er wurde von einem starken Gefühl ergriffen und stellte mit schonungsloser Ehrlichkeit fest, dass ihn Elisabeth, trotz ihres fabelhaften Körpers, zu langweilen begann und dass sie in keiner Weise an seine Maria herankam. Ihm wurde schlagartig bewusst, dass er mit dieser Affäre etwas, was ihm zwar nicht klar war, gesucht, aber nicht wirklich gefunden hatte.

Danach sann er auf Wege, um sich von seiner Nichtgespielin zu trennen. Die Lage entwickelte sich diesmal günstig für ihn. Elisabeth lernte einen netten, noch nicht verheirateten oder schon wieder geschiedenen Mann kennen. „Verstehst du, er ist immer für mich da, auch abends und nachts und an den Wochenenden", erklärte sie mit verständlichem Triumph. Sie lösten das Verhältnis in gegenseitigem Einvernehmen.

In den Wochen danach spürte Trank ein Vakuum. Etwas fehlte ihm. Irgend ein Anreiz. Ein Mittel gegen die Trostlosigkeit des Daseins. Ein vielleicht nur kleiner Bereich im Leben, der seine persönliche Spielwiese war.

Denn in existenziellen Belangen bestimmt er nichts, sondern funktioniert programmgemäss. Wie ein Roboter? Das nun gerade nicht. Aber anstatt selbst zu leben, wird er gelebt. Wie ein verängstigtes Tier sitzt er im Dickicht der einzuhaltenden Verpflichtungen, Ansprüche, Erwartungen.

Die Möglichkeiten zur Veränderung sind dünn gesät. Das erfordert, ein Risiko auf sich zu nehmen und den Schritt ins Unbekannte zu tun.

Professor Berglass ist ein Mensch, der sich von jeder Welle mitreissen lässt. Er sagt: „Meine Herren, mir ist soeben eine Idee gekommen, warum geben wir nicht zum 700-jährigen Jubiläum eine Geschichte der zahlenmässig geringsten Minderheiten in der Schweiz, der Juden und Zigeuner, in Auftrag?"

Nationalrat Oederlein empört sich: „Dann können wir gerade noch einen Schritt weitergehen und die Homosexuellen und Drogenabhängigen feiern." Bevor die Diskussion ausartet, klopft Präsident Biland mit seinem Silberstift auf den Tisch und sagt: „Stellen Sie Ihre Anträge, ich will abstimmen lassen." Trank zählt die wie Schwurfinger zu den Gipsblümchen empor gestreckten Hände ab, verkündet das Ergebnis laut und hält es für das Protokoll fest.

Alles ist klar: Der Stiftungsrat beschliesst einstimmig, der Geschichte der schweizerischen Heerführer – und allein dieser – einen finanziellen Beitrag zu gewähren.

2

Der Gedankenfluss, der heute Morgen Gerold Trank wie ein ausgelaugtes und durchweichtes Stück Treibholz in einer Strömung mitreisst, die tückische Wirbel verbirgt, ist dazu bestimmt, in einem tosenden, tief abstürzenden Wasserfall zu enden. Trank beginnt besser, mit kräftigen Stössen zu schwimmen und sich auf festen Grund zu retten, solange er noch Gelegenheit dazu hat.

Er sitzt zwar mit unsichtbaren Fussketten an einen verchromten, weinrot gepolsterten Stuhl gefesselt, und der klebt auf dem taubengrauen Teppichboden. Aber sein Geist schwebt frei herum. Nichts, was hier gesprochen wird, nagelt ihn fest. Die Leimreste der alltäglichen Zwänge können ihn nicht mehr halten. Tranks Geist durchdringt alles und sinkt dabei immer tiefer hinab in seinem Gehäuse, bis er endgültig am Boden ist, auf dem neu gebaut werden kann.

Jetzt will er den Dingen auf den Grund gehen. Für einmal nicht historisch-distanziert, sondern am praktischen Beispiel von G. Trank, dem zweiten Sekretär der SAHI und gescheiterten Historiker, gescheiterten Liebhaber sowie knapp genügenden Familienmenschen.

Er wird es diesmal ohne klägliche Ausflüchte tun. Geladen mit Enttäuschung über seine Schwäche und getrieben von einem sonderbaren Hungergefühl wird er vermutlich den grimmigen Gesichtsausdruck seiner beengten Jugend annehmen. Mit dieser Miene betrübte er regelmässig seine arme Mutter. Sie klagte, „das Leben ist doch so kurz, lasst uns lieber fröhlich sein."

Eines ist klar. Seit Jahren hat er sich einfach treiben lassen, ohne zu fragen, wer er ist, was er tut, was er mit der ihm zugemessenen Lebensspanne anfangen will. Acht verscherzte Jahre.

Entweder denkt Trank selbst über sein Leben nach, oder er lässt darüber nachdenken. Heutzutage wird in der Stiftung über den Angestellten Trank, in der Öffentlichkeit über den Bürger, in den Medien über die Manövriermasse Trank und das, was er zu tun hat, nachgedacht. Was herauskommt, wird ihm in die Ohren gesäuselt, zuweilen in den Schädel gehämmert.

Bei allem, was er im Folgenden entwickelt, muss es ihm gelingen, der ihm eingetrichterten Marschrichtung zu entrinnen. Dazu gilt es zuerst sein Gehirn auszulüften. Alles, was hinterhältig geführte Federn ins Pflichtenheft seines Daseins geschrieben haben, darf er nicht anerkennen. Sonst liegt er unweigerlich falsch und gerät auf vorgespurte Bahnen.

„Denk endlich weiter", fordert der Kopflose, „das ist deine Aufgabe, ich drücke nur den Auslöser dazu."

Also gut, ganz nüchtern.

Gemäss Statuten der SAHI dient er dem Humanismus. Das wäre ja schön und gut, wenn es nur stimmte. Indessen kann er an der Stiftung nichts erkennen, was die Menschlichkeit fördern würde, es sei denn, man verstehe darunter die Geselligkeit ausgesuchter schweizerischer Vereine. Er selbst hat nichts davon. Sein Leben ist eingespannt in Vorhaben, die alle trivial sind. Er kann darin nichts Mitreissendes oder Wertvolles erkennen. Kein existenzielles Bedürfnis wird dadurch erfüllt. Schaumschlägereien? Gewiss. Ihm gleichgültig, ob sie verwirklicht werden oder nicht. Er hat dazu nie ja gesagt, und ebenso wenig nein.

Wenn er aber nicht der Sache dient, wem dann?

Personen, natürlich. Solchen, die es schafften, eine gesellschaftliche Position zu erklimmen und dabei die Metamorphose zu Persönlichkeiten vollbracht haben.

Sie mustern ihn und setzen ihn dann nach ihrem Gutdünken und vermutlich zu ihrem Vorteil ein. Obschon Historiker, der Macchiavelli kennt, hat Trank bis heute noch nie auf diese Weise über sich nachgedacht. „Ich tue so, als ob ich im Schutz einer Tarnkappe herumlaufe, dabei bin ich sichtbar und nackt."

„In diese Situation sind wir aus Unachtsamkeit geschlittert, wir dürfen keinen Tag länger darin verharren", zischt der Kopflose durch Tranks zusammengepresste Zähne.

„Es gibt eine noch einfachere Möglichkeit, die wir auch prüfen müssen", entgegnet der Nüchterne. „Ich erkenne, dass meine Lage von Mächten, denen ich niemals beikomme, geprägt und daher unausweichlich ist, und schicke mich endlich drein."

„Unmöglich, du kannst dich nicht ohne Auflehnung fügen", ruft der Kopflose, „in dir herrscht Aufruhr seit jenem Treffen mit Marias Bruder, das alles in Gang setzte."

„Durchaus nicht unmöglich", belehrt ihn der Nüchterne, „alles hängt nur davon ab, ob ich eine einleuchtende Begründung finde. Denk daran, dass ich auf das Mittelalter spezialisiert war, eine tausendjährige Epoche, in der die Stellung des Einzelnen von Geburt her, ein für alle Mal und unverrückbar, begründet war. Wenn ich also ein im Untergrund wirkendes Gesetz der Geschichte erkenne, das mich einordnet, bin ich bestimmt in der Lage, mich zu beruhigen und endlich ein behagliches, bequemes Leben zu führen. Ich hätte meine Stellung im gesellschaftlichen Gefüge, und zwar als Sekretär einer hoch angesehenen Institution, deren altgoldener Glanz auch auf mich ein wenig Licht wirft, schau dir nur die bebilderte Werbeschrift an, die Brockstätte soeben anpreist."

Der Kopflose schweigt.

„Wenn ich mich damit abfinden könnte", argumentiert der Nüchterne weiter, „würde meine Lebensauffassung ganz anders aussehen, auf den Augenblick ausgerichtet, ohne mich weiter um eine längerfristige Sichtweise zu kümmern. Ich würde den Augenblick geniessen oder verfluchen, je nachdem, alle existenzielle Unlust als nichtig deklarieren und heiter zur Tagesordnung übergehen."

Der Kopflose schweigt noch immer.

Trank überlegt, dass es eigentlich nur noch eine Situation in seinem Dasein gibt, wo er den Augenblick uneingeschränkt geniesst. Wenn er abends im Wohnzimmer auf der Couch liegt, dank Kopfhörern von der Umwelt abgekoppelt, und eines seiner elitären Jazzalben anhört: Arbour Zena von Keith Jarrett, Sahara von McCoy Tyner. Diese Musik ist an keinen Raum gebunden, sondern nur an unsere Zeit. In ihr kommt er sich frei schwebend vor und hat das Gefühl, der ganze Planet liege ihm zu Füssen.

Unterdessen hat Oederlein begonnen, den Raum mit parlamentarischer Eloquenz zu überfluten. „Die Schweiz", ruft er, „muss die Isolation vermeiden und lernen, sich im europäischen Rahmen zurechtzufinden, gewiss. Aber das heisst nicht, sich Brüssel zu unterwerfen und auf Vertragsbedingungen einzugehen, die nur zum Zweck haben, uns unsere kostbare Eigenart zu rauben. Denn damit geraten wir erst recht restlos ins Hintertreffen. Es ist entscheidender, das schweizerische Element zu betonen und den Europäern unsere urdemokratische Denkweise nahe zu bringen."

Welche Eigenart meint er, fragt sich Trank, so grossartig heben wir uns von anderen Völkern doch gar nicht ab. Oederlein fühlt nichts dabei, wenn er diese

Formeln herunterleiert, ihm geht es darum, Menschen wie mich von der weiten Welt fern zu halten und einzugrenzen auf unsere biedere, kleinliche Nation.

Oederlein bezieht sich auf die neue Broschüre der Stiftung, von einem kostspieligen Werbebüro entworfen. Die Werber haben Biland und Brockstätte beschworen, in ihren Botschaften müsse der europäische Bezug erkennbar sein, das gehöre heute dazu. Oederlein lehnt sich zurück, legt die Fingerspitzen zusammen und fährt fort: „Dann noch etwas, die Stiftung ist gottlob nicht staatlich, aber eine Art öffentliche Institution. Im Nationalrat trete ich immer dafür ein, dass staatliche Broschüren nicht auf Glanzpapier gedruckt werden, denn mit Steuergeldern finanzierte Druckerzeugnisse haben in der Ausstattung bescheiden zu sein und durch den Inhalt zu überzeugen, an diese Maxime sollte sich auch die Stiftung halten."

Kindlimann klatscht Beifall.

Brockstätte wirft ein: „Natürlich gebe ich Herrn Nationalrat Oederlein recht, für die Wahl des Papiers war allerdings der zweite Sekretär verantwortlich."

Alle blicken Trank herausfordernd an. Der erklärt stockend: „Die Druckofferten mit Glanzpapier, es hat mich selbst überrascht, sind nicht teurer gewesen als jene mit Normalpapier."

Brockstätte geht darüber hinweg: „Das lässt sich noch ändern, nein, das müssen wir unbedingt korrigieren, ich habe soeben begriffen, dass der Eindruck der Verschwendung auf jeden Fall vermieden werden muss."

Von Warteck hält lächelnd die Hand hoch und meint: „Die Allgemeine Versicherung für Leib und Leben ist ebenfalls so etwas wie eine öffentliche Institution und druckt ihre Broschüren trotzdem auf Glanzpapier. Umfragen haben nämlich ergeben, dass der Kunde sonst an der Solidität des Unternehmens zweifelt. Und gestatten Sie mir noch eine Bemerkung. In der Broschüre sind die Stiftungsräte abgebildet, ein Foto des ersten Sekretärs fehlt aber, und dies halte ich für falsch, man muss zwar nicht das ganze Personal abbilden, das würde zu weit führen, doch der erste Sekretär gehört nun einmal zu uns."

Seine Kollegen klopfen beifällig auf den Tisch, nur Hartmann richtet sich auf und öffnet den Mund, sinkt aber wieder zusammen und sagt nichts, während Brockstätte umherblickt und bescheiden lächelt.

Der Kopflose tobt, während es dem Nüchternen vollkommen gleichgültig ist, ob sein Bild erscheint oder nicht. Er ist auf die beunruhigende Frage gestossen: Gibt es ein untergründiges Gesetz, das gewissen Menschen ihre Macht verleiht?

Nehmen wir Präsident Biland. Schlank, elegant, mit kantigem, gesundem Gesicht und gut coiffiertem, grauem Haarschopf lenkt er die Sitzung. Er ist Diplomkaufmann und war, bevor er die Stiftung übernahm, Generaldirektor einer Grossbank. Tranks karrieresüchtige Kollegen, mit denen er sich manchmal zum Mittagessen trifft, pflegen zu erklären, „dein Biland ist das schönste Beispiel dafür, dass bei uns auch ein Nichtakademiker an einen allerhöchsten Posten gelangt."

Aber hat ihn nicht der sanfte Druck oder Sog seiner Herkunft emporgetrieben?

Wenn Tranks Mutter zum sonntäglichen Mittagessen eingeladen ist, möchte sie beim Kaffee von ihrem Sohn wissen, was er denn die ganze Woche gearbeitet habe. Trank ist das Thema zuwider, aber er bastelt höflich eine Antwort: Protokolle geschrieben,

Briefe verfasst, was eben ein Sekretär machen müsse. Die alte Frau nickt: „Natürlich musst du machen, was andere dir sagen, aber für deine Herkunft hast du es ganz schön weit gebracht, wir können zufrieden sein."

Trank hat das unangenehme Gefühl, diese Worte seien irgendwie gegen ihn gerichtet. Dann denkt er an Studienkollegen, die aus alten und einflussreichen Familien stammen und jetzt, zu nichts nütze, auf einem Abstellgleis parkiert sind. Dort philosophieren sie enttäuscht über den falschen Lauf der Welt und verrennen sich dabei immer mehr. Die Herkunft als untergründig wirkendes Gesetz des Schicksals kann er definitiv abhaken.

Die Fähigkeiten sind wichtiger. „Fähige Leute werden immer gebraucht", behauptete sein Vater und dachte dabei an sich selbst. Der Maschinenfabrik, in der er fünfzig Jahre lang arbeitete, ging es immer glänzend. Er machte dort seine Lehre und wurde noch vor der Rekrutenschule angestellt. Trank erinnert sich, wie er als Student dem Modellschreiner, an einem Sommerabend auf dem Balkon, das von den Chinesen perfektionierte Mandarinsystem erklärte, geschaffen, um für die Verwaltung des Kaiserreichs die Fähigsten auszusuchen.

Aber waren es denn wirklich immer die Fähigsten, die an die Spitze gelangten? Blieb nicht so manches Genie Zeit seines Lebens unbemerkt und wurde erst nach dem Tode anerkannt? Nun, gerade er als Historiker sollte nur zu gut wissen, dass auch die Fähigkeiten allein nicht genügen. Sie spielen zwar eine Rolle, sind aber ebenso wenig ausschlaggebend wie die Herkunft.

Was fehlt denn noch?

Die persönliche Zielsetzung. Was man im Leben erreichen will. Jeder folgt seinem inneren Kompass.

Bei Trank, diesem Bündel von Hemmungen, wackelt die Kompassnadel. Kaum blickt er hin, wechselt sie die Richtung. Bei Brockstätte zeigt sie unerschütterlich nach oben. Obschon jünger als Trank, ist er dessen Vorgesetzter. Es war Elisabeth, die Trank oft auf diesen Umstand aufmerksam gemacht hatte.

Die Sekretärinnen der Stiftung, die Drehscheibe der pikanten Informationen, behaupteten kürzlich bei der Kaffeepause, der Herr, der soeben hinausgegangen sei, um mit von Warteck zu telefonieren, wolle einst selbst Stiftungspräsident werden. „Warum auch nicht", rief der Hauswart aus seiner für Stumpenraucher reservierten Ecke, „meine Stimme hat er, er hat mir soeben eine neue Teppichreinigungsmaschine bewilligt."

„Weil es eine ungeschriebene Spielregel gibt", erwiderte Trank, „wonach jemand Präsident wird, nachdem er die Spitze seiner Laufbahn in Wirtschaft, Armee oder Verwaltung erklommen hat."

„Und so einen Kohl glauben Sie", lachte der Hauswart, „dabei weiss doch jedes Kind, dass man die Spielregeln den Bedürfnissen anpasst."

Und Brockstätte hat das Niveau der Stiftungsräte tatsächlich bereits erreicht. Er berät Oederlein bei parlamentarischen Geschäften. Er wird regelmässig eingeladen, das Wochenende im von Warteckschen Ferienhaus, einem ausgebauten Schafstall im Bündnerland, zu verbringen. Und er hat unter Kindlimann Militärdienst geleistet und dabei oft an den berühmten Saufgelagen des Exgenerals teilgenommen.

Seine Überzeugung, dass die Zukunft machbar ist, sein forsches Hinsteuern auf seine persönlichen Ziele heben Brockstätte von Trank ab. Trank kam es niemals in den Sinn, sich ein solches Ziel zu setzen. Er glaubte, dies zeuge von niederer Gesinnung, ein Lehrsatz aus dem verstaubten Erziehungsgut, dem er ausgesetzt gewesen ist. Der edle Mensch (Mikrobenjäger, Armenarzt, sozialer Rechtsanwalt) verlangt nichts für sich, sondern lebt und strebt zum Wohl der Gemeinschaft.

Stimmt's? Ach was, nur schwache Menschen ohne eigene Orientierung brauchen solche Grundsätze, und Trank hat zweifellos immer zu ihnen gehört.

Er spürt, wie sich aus der strömenden Schmelze seiner Gedanken Antworten auf seine Fragen zu kristallisieren beginnen.

„Wer sich nicht selbst befiehlt, bleibt ewig Knecht." Wer hat das gesagt? Goethe, vermutlich. Nein, sogar sicher. So lautete das Thema seines Matura-Aufsatzes, an den er sich zwanzig Jahre nicht erinnert hat.

Wie hat er sich als Assistent von Professor Wickler zum Spass genannt? Servus Wickleriensis. Dabei war das gar kein Spass, sondern bitterer Ernst, und nun schämt er sich dafür. Er schämt sich, weil er solch unangenehme Situationen entweder zu bewitzeln oder zu beschönigen pflegte, statt etwas dagegen zu unternehmen.

Das gilt auch für seine jetzige Stellung. In der Stiftung kümmert sich der Präsident persönlich um Nationalrat Oederlein. Nachdem er auf diese Weise vom Kuchen den Zuckerguss abgeleckt hat, pickt Brockstätte die Rosinen heraus, nämlich von Warteck und Kindlimann. Den trockenen Rest – Berglass und Hartmann – überlassen sie Trank.

Und wie hat er auf diese Situation reagiert? Er hat sich Berglass als Vertreter der Wissenschaft schmackhaft gemacht. Dabei sind sie nicht einmal vom selben Fach. Berglass ist Professor für Architektur. Man trifft sich höchstens in den menschenleeren Gefilden der Kunstgeschichte, und Berglass nutzt die gemeinsame Bewunderung mittelalterlicher Kathedralen, um Trank mit seinen Projekten zu bedrängen. Trank soll ihm verraten, wie man am einfachsten an die Gelder der Stiftung herankommt.

Und bei Hartmann hat er sich eingeredet, der Kontakt zu einem Vertreter des Volkes sei unbedingt wertvoller als jener zu den Bonzen. Dabei führt sich Hartmann ihm gegenüber wie ein Oberbonze auf.

Das sind klärende Überlegungen, die Trank wohltun. Er kennt jetzt seinen Defekt. Er weiss nämlich nicht, was er will. Steht das etwa in den Sternen geschrieben? Ist das sein Wesen, das er nicht ändern kann? Oder kann auch er sich ein Ziel setzen und sich der ordnenden Hand all derer, die über ihn bestimmen wollen, entwinden?

Warum sieht er heute Morgen alles klar? Weshalb erlebt er eine Phase der bedeutenden Einsicht, während diese öde Sitzung abläuft? Wie kommt Trank der Nüchterne dazu, kaltblütig die Lage zu analysieren, während der Kopflose mit den Zähnen knirscht?

Seit Wochen kann er nicht mehr schlafen. Er wacht mitten in der Nacht auf und fängt an, sich im Bett zu wälzen, das dabei unangenehm knarrt. Sein Körper sollte kühl sein, ist aber voll von gestauter Hitze. Seine Gedanken wirbeln durcheinander und sind nicht fassbar. Ein Glück, dass Maria tief schläft und von allem nichts merkt.

Oft wird er ohne ersichtlichen Anlass von nächtlichen Krämpfen heimgesucht. Stiche in der Herzgegend, der Nacken hart wie Stahl, und seine Zähne spicken demnächst aus dem verspannten Kiefer.

Dann schält er sich aus dem erhitzten Bettzeug, erhebt sich und tut etwas Ungewöhnliches. Er mischt sich eine warme Milch mit Whisky, steht mindestens eine halbe Stunde im Pyjama am Küchenfenster und blickt in die bläuliche Nacht, auf gleichmässig geschnittene Büsche, blanke Betonmauern und eine makellos asphaltierte Strasse. Eine traurige Landschaft ohne Horizont, die ihm keine Ruhe vermittelt. Oder er schleicht mit undefinierbarem Hunger in die Küche und denkt, er müsse sich einfach Substanz einverleiben. Er würgt einen Rahmtilsiter herunter, der ihm nicht bekommt. Eine halbe Stunde später kotzt er die Käsestückchen, die bereits ihre Konturen verloren haben, ins Klosett und ekelt sich dermassen, dass er auf Marias Frage am Morgen nur zugibt, den Käse gegessen zu haben.

Nachdem also ein unbekannter Mechanismus in seinem Inneren in Gang gesetzt worden ist, findet er sich heute Morgen dabei, intensiv Nabelschau zu betreiben. Das ist neu für ihn. Einerseits beschämend, da es sich nicht ziemt (narzisstische Schwäche, und so weiter), andererseits lustvoll, da es ihn erleichtert.

Was bringt solche Grübelei eigentlich? Vor allem eine Katharsis. Ein Fegefeuer unterwegs zur Läuterung. Trank verfällt diesen Begriffen immer wieder, obschon er sich während des Studiums von der Religion losgesagt hatte. Und weshalb ist diese Katharsis nötig? Weil Tranks Seele in den vergangenen acht Jahren nicht oder nicht genügend entsorgt worden ist.

Er hat keine Gelegenheit geschaffen, um seine Gedanken wie einst am Felsstrand der Belle-Ile vor sich auslegen zu können. Damals konnte sich alle seine Unruhe in der bläulichen Ferne verlaufen.

Er hat sich nur um kleinliche und alltägliche Sorgen gekümmert. In seinem Alltag regieren Enge und Hektik. Myriaden kleiner Probleme stürmen unaufhörlich auf ihn ein. Alle vollkommen unwesentlich, aber nervenaufreibend.

Seine Vorgesetzten sind süchtig nach hektischer Tätigkeit. Sie ersinnen unermüdlich immer neue Aktivitäten. Trank kommen sie punktuell, kurzlebig und absolut unnötig vor, aber er muss die Einfälle in die Tat umsetzen.

Der Stiftungsrat befasst sich mit dem Budget. Sämtliche Posten werden der Teuerung angepasst. Ist das alles? Noch nicht.

Der Hauswart bekommt eine Sonderzulage. Handwerker sind immer ausserordentlich gefragt. Und Brockstätte beantragt eine weitere Sekretärin. Die zu verteilenden Mittel nehmen zu, somit auch die zu behandelnden Anträge an die Stiftung.

Professor Berglass protestiert: „Alles was recht ist, aber mit der Sekretärin des Herrn Präsidenten, jener für Herrn Brockstätte und der halben Kraft für Trank, nebst einer Buchhalterin, ist Ihr Bestand an Hilfskräften, verglichen mit der Situation an der Universität, bereits heute exorbitant."

Oederlein schnappt zurück: „Herr Professor, Sie vergleichen wieder einmal Äpfel mit Birnen. Ich unterstütze den Antrag, er ist mehr als berechtigt, Punkt."

Auch von Warteck meint: „Diese zusätzliche Sekretärin ist nötig, wenn wir den finanziellen Umsatz der Stiftung mit ihrem Personalbestand vergleichen. Natürlich müssten wir die Situation genauer ansehen, doch glaube ich, wir können auf die Betriebserfahrung von Herrn Brockstätte vertrauen."

Noch mehr Betrieb, denkt Trank, und wird von einer pessimistischen Vision heimgesucht. „Mit fünfundsechzig pensioniert, blicke ich auf Jahrzehnte Berufsleben zurück, in denen ich, abgesondert vom tatsächlichen Geschehen in der Welt, rein gar nichts von Bedeutung geleistet habe. Alles was ich tat, hätte ebenso gut unterbleiben können. Mein Leben war Schaumschlägerei, und noch dazu im Auftrag anderer."

„Was meinst du mit tatsächlichem Geschehen", fragt der Kopflose. „Das, was nahe an der Existenz liegt", erwidert der Nüchterne, nachdem er gezögert hat. „Das greifbare Leid hier und anderswo, Hunger, Qual und das Morden in allen Formen, Krankheit, Liebe, Nothilfe, irgendeine Tätigkeit, die der Existenz einen Sinn gibt, die Erfüllung ihrer Notwendigkeiten und die Ausschöpfung ihrer Möglichkeiten. Warum soll sich all das nur privat abspielen, und mein Berufsleben bleibt davon isoliert und steril?"

„Halt", sagt der Kopflose, „unser privater Alltag ist genauso steril. Du gibst doch zu, dass auch hier die kleinen Pflichten vorherrschen. Allein die Arbeiten im Haushalt, die den geschickten und muskulösen Mann erfordern: Nägel einschlagen, Fahrräder reparieren, Getränkekisten herumschleppen, und während Maria den Sonntagstisch vorbereitet, müssen wir ihre greisen Eltern oder meine klapprige Mutter mit dem Wagen am Bahnhof abholen, weil ihnen ein zehnminütiger Spaziergang nicht mehr zuzumuten ist. Und haben wir nach dem Abendessen einmal nichts vor, stehen Kurzgespräche mit Maria und den Kindern an, notwendig für die Aufrechterhaltung des Betriebs dieser Familie."

„Und Maria erlebt ihren Alltag nicht anders", erkennt Trank. „Gleichwohl rät sie mir, ich solle mir nicht so viel Arbeit aufbürden lassen, dann käme ich nicht jeden Abend abgehetzt nach Hause. Das klingt absolut vernünftig, ist aber weit entfernt von der Wirklichkeit, denn genau das kann ich nicht, weil ich ohne Distanz zu dem, was ich tue, funktioniere. Mir fehlt der Überblick und mit ihm die Gelassenheit."

Nur eine grosse visionäre Aufgabe, neben welcher der ganze Rest verblasst, würde reichen, um Trank dem Strom der Zeit, dem tatsächlichen Geschehen der Welt, näher zu bringen. Die Beengung wirkt sich besonders im Zeitgefühl aus. Sie lässt den Zeitablauf verschwinden und konzentriert alles auf die Bedürfnisse des Augenblicks.

Und dies bei einem Historiker, der die zeitliche Perspektive braucht wie die Atemluft. Trank möchte die eigene, ihm zugemessene Zeitspanne von der Geburt bis zum Tod gesamthaft überblicken. Das würde ihm den Massstab für die Beurteilung des Augenblicks geben.

Während alt Divisionär Kindlimann von der alten Eidgenossenschaft schwärmt, die mangelhafte Wehrbereitschaft des heutigen Schweizervolkes beklagt und fordert, im Jubiläumsjahr alles zu tun, um diesem Notstand energisch entgegenzuwirken, erkennt Trank, dass seine ganze Betriebsamkeit sinnlos ist, wenn sie ihn nicht dazu führt, in grösseren Zeiträumen zu fühlen. Er sollte sein Leben unentwegt aus der Rückschau, vom eigenen Tod her, betrachten. Wenn er heute sterben sollte, könnte sein Nachruf keinen Hinweis enthalten, wonach er sein Leben ausgeschöpft hätte.

Ihm fällt Marias Neffe Alex ein, der sich äusserst bescheiden als Musiker durchs Leben schlägt und ihm unlängst eine Schallplatte überreicht hat, auf der er mitspielt.

Was kann Trank Alex überreichen? Höchstens den von ihm jeweils mühsam zusammengeklaubten Quartalsbericht der Stiftung, ein Meisterwerk bürokratischer Tätigkeit, aber nur für das Archiv geschrieben. Und zudem vollkommen von Umständen bestimmt, auf die Trank keinen Einfluss besitzt.

Wie wäre es mit einer radikalen Lösung? Sich durch Flucht entziehen? Er hat sich im Lauf der letzten Wochen schon verschiedene Fluchtmöglichkeiten ausgedacht, aber nie bis zum Ende. Es ist anstrengend und braucht Mut, so etwas bis zum Ende durchzuspielen. Die Bilder werden mit zunehmendem Vordringen in die Zukunft immer verschwommener. Und die Angst wächst, am Ende gar keine Lösung zu finden, der Situation gar nicht entrinnen zu können, weil er sie mit sich herumschleppt.

Auf diese Frage will Trank jetzt eine Antwort. Und wenn er zum Schluss kommt, dass Flucht keine Lösung ist, ist dies ein Resultat, das ihm auch weiterhilft. Er beschliesst, ein Fluchtszenarium, von dem er besonders angetan ist, einmal bis zum Ende durchzudenken.

Morgen wird er auf dem Weg in die Stadt beim Autooccasionshändler anhalten, dessen schreiend-grelle Plakate („Sofort Bargeld für Ihren Altwagen!!!") die Stadtgrenze ankündigen, und ihm den Saab zum Kauf anbieten. Das funktioniert. So viel weiss er von Marias Bruder – Alex' Vater –, einem selbständigen Bauingenieur, der für einen Geschäftsabschluss dringend Geld brauchte und seinen Bankkredit nicht weiter strapazieren durfte.

Er muss sich glaubhaft als rechtmässiger Besitzer ausweisen und, sagen wir, fünfzehntausend Franken verlangen. „Zwölftausend, dafür bar auf die Hand", wird der Händler dann mit siegesgewissem Grinsen rufen und Trank froh auf die Schulter hauen.

Mit zwölftausend kann er ins Ausland verschwinden. Aber wohin?

In die Bretagne? Zu sentimental und zu nahe liegend.

Deutschland, Österreich? Auf keinen Fall. Die Leute dort sind so misstrauisch und xenophob wie die Schweizer. Sie riechen das Ungewöhnliche und melden es unverzüglich ihrer Polizei.

Italien, besonders die Toscana, zieht ihn an. Aber das geht nicht, er hat geplant, mit Maria und den Kindern in zwei Wochen dorthin zu fahren, denn die Sommerferien stehen vor der Tür.

Am besten noch scheint ihm der Südwesten Europas mit seiner unnahbaren, selbstbewussten und höflichen Bevölkerung zu sein.

Eine Stunde später hat er den Swissairflug nach Lissabon gebucht. Noch sieben Stunden, bis Maria ihn vermisst. Von seinem bisherigen Leben aus betrachtet ein schrecklicher Vorgang. Aber nun muss er rücksichtslos weiterdenken. Das Problem, wie er die Bindung an seine Familie, die er trotz Freiheitsdrang nicht verleugnen mag, in den neuen Schwebezustand herüberrettet, muss später gelöst werden. „Mein Fehler", sagt er sich, „dass ich in solchen Situationen überhaupt an die Familie denke. Genau dies sind die Fäden des Kokons, der mich noch immer einlullt."

Nun sonnt er sich im Lächeln der Stewardess, die ihm zeigt, wo er sein Handgepäck verstauen kann: eine leichte Segeltuchtasche mit einem schwachsinnigen Werbeaufdruck, samt Zahnbürste, Pyjama, Waschlappen, Rasierzeug, Unterwäsche, zwei Hemden und einem leichten Pullover im Flughafen eingekauft.

In Lissabon, nach der Ankunft bei schönem, windigem Wetter, bezieht er eine billige Pension in der Altstadt (modrige Luft, würzige Gerüche, Werkstattgeklapper, unverständliche Gesprächsfetzen und von irgendwoher Fado-Musik). Mit der Zeit sieht er sich nach Arbeit um. Halt. Das ist doch viel zu naiv. In Lissabon sind seine Fähigkeiten als Doktor der Philosophie und Historiker und als gewesener Sekretär nicht gefragt. Für die Tätigkeit als Fremdenführer fehlen ihm die Sprachkenntnisse und für jene des Dockers oder Bauarbeiters die Muskeln.

Wenn er wenigstens ein Musikinstrument spielen könnte wie Alex. Alex, sowieso ans Existenzminimum gewöhnt, könnte sich hier zweifellos durchschlagen. Eigentlich hat Trank sich immer ein Saxophon gewünscht, inspiriert von seinen unter die Haut gehenden Jazzalben. Vielleicht ist Lissabon doch das falsche Ziel?

Tranks Gedankengang wird unterbrochen.

Erneut tritt Fräulein Derring ein, schreitet mit ihren wohlgeformten Beinen zum Präsidenten, beugt sich über den Tisch und legt ihm die Unterschriftenmappe vor. Fräulein Derring trägt eine ausgeschnittene Sommerbluse. Trank, der Biland gegenübersitzt, erhält Einblick in ihren Ausschnitt. Schon ein, zwei Male hat ihm das Schicksal diese kleine Gunst gewährt. Fräulein Derrings Brustansatz sieht vielversprechend aus. Trank kann sich ihre Brüste an ihrem nicht zu schlanken, nicht zu vollen Körper gut vorstellen.

Der Kopflose schwelgt in diesen Gedanken und wird vom Nüchternen getadelt. „Wozu denn das? Denk an das glimpflich abgelaufene Abenteuer mit Elisabeth."

Allerdings gibt der Nüchterne zu, dass die Kopulation und alles darum herum einfach zum Leben gehören, ja sogar die Grundlage dazu bilden. Der Gedanke daran lässt sich nur mit Gewalt unterdrücken. Nur mit Exerzitien, Meditation und einer allgemeinen Entfleischlichung.

Das Problem stellt sich ihm auch in Lissabon. Dort muss er unweigerlich an eine Frau gelangen. Hierzu gibt es literarische Vorbilder. Den Umständen entsprechend soll sie jünger sein als Trank und hübsch. Womöglich eine Hure.

Eine solche wäre geradezu von Vorteil, weil selbstverständlich nur ein weiblicher Grenztyp in Frage kommt. Eine junge, abgebrühte Frau, die nicht sogleich nach seiner Herkunft und seinen Einkünften forscht, sondern gelernt hat, keine Fragen zu stellen und ihn so hinnimmt, wie er erscheint: als interessanten, fremder Mann mittleren Alters, mittlerer Statur, mit hagerem, nicht unattraktivem Gesicht und inzwischen noch neuntausend Schweizerfranken auf seinem soeben eröffneten Bankkonto.

Er wird sich, falls nötig, als Bauingenieur ausgeben. Schliesslich hat er Marias Bruder endlose Sonntagnachmittage zuhören müssen, wenn dieser von seinem Geschäft erzählte. Dieses Opfer soll nicht vergebens gewesen sein. Und die Wahrscheinlichkeit, im Alltag auf ein technisch versiertes Gegenüber zu stossen, ist sehr gering.

Bald pendelt sich Tranks neues Leben ein. Es versteht sich von selbst, dass er zu seiner neuen Freundin zieht. Ihr Appartement liegt in einem anständigen Haus in der Gegend des Chiado, weit genug entfernt von ihrer Absteige nahe der Avenida de Liberdade.

Trank verbringt die ersten lockeren Wochen mit Spaziergängen, besucht ausgiebig die Kunstsammlungen der mit krudem Erdöl geschmierten Gulbenkian-Stiftung und liest. Zum Glück ist Portugal traditionell nach England ausgerichtet. Am Rossioplatz findet er jede Menge Buchläden und Kioske mit englischen Taschenbüchern. Er geniesst das Nichtstun, oder – melodiöser – die Freiheit.

Seine Freundin geht ihrem Gewerbe nach, kauft ein, kocht für ihn und wäscht seine männliche Wäsche. Wenn sie sich hinreichend an Trank gebunden hat, um mit Hoffnung im Herzen eine längerfristige gemeinsame Zukunft ins Auge zu fassen, gibt sie vermutlich ihr (schon im Mittelalter als unehrlich geltendes – na ja) Gewerbe auf und sieht sich nach einer bürgerlichen Tätigkeit um. Als Ladenmädchen (noch nicht motorisiert, Herr Professor Berglass) in einem der grossen, neuen Einkaufszentren am Stadtrand von Lissabon oder in einem noblen Geschäft in der pombalinischen Altstadt. Grund genug für Trank, den Haushalt zu führen und Portugiesisch zu lernen.

Halt. Schon wieder. Sich selbst überlassen, denkt er sich automatisch in eine fürsorgliche Rolle im soliden Rahmen einer bürgerlichen Existenz hinein. Weil er eben über keinen eigenen Lebensplan verfügt. Was zu beweisen war.

Warum sieht er sich eigentlich in diesem Tagtraum nicht in der Rolle des ungebundenen, unverpflichteten Mannes, der seine Leibeigene für sich anschaffen lässt, seine Zeit in den Billardsälen der Altstadt verbringt und die Kleine verprügelt, wenn sie nicht pariert?

Er kümmert sich stets um seine Umgebung und ihre Erwartungen an ihn. Man kann dies durchaus als Defekt betrachten. Als mangelhafte Ausprägung seiner Persönlichkeit, zum Beispiel. Nie sieht Trank nach seinen eigenen Interessen. Sein dummes Herz schlägt für die anderen. Immer glaubt er, sämtliche durch seine Existenz verursachten Probleme der Mitmenschen lösen zu müssen.

Auch als ihm Marias Bruder neulich vorschlug, die Stelle zu wechseln, dachte er zuerst nicht an sich, sondern an die Schwierigkeiten, die Brockstätte mit der unerwarteten Vakanz bekäme.

Der Nüchterne stellt fest: „Genau auf diese Weise entfremde ich mich mir selbst", und der Kopflose sagt: „Ich bin so sauer, ich möchte jetzt sogleich dieses Verhalten für immer ablegen und zum Auftakt in irgendeiner Form dreinschlagen."

„Das nützt nichts", sagt der Nüchterne, „so bin ich nun einmal, um mich zu ändern wird es Zeit brauchen."

„Stimmt, so sind wir, sogar für die niedlichen Rotschwänzchen, die im Mai in unserem Quartier einen Unterschlupf suchten, haben wir sofort einen Nistkasten gezimmert und am Dach über dem Schlafzimmerbalkon angebracht. Und dann haben uns die verfluchten Vögel den ganzen Sommer hindurch mit ihrem Gepiepse geärgert und dazu noch den Balkon verschmutzt."

Nun weilt Trank jedoch zum Glück in Lissabon, fernab von jenen gefiederten Tierchen. Und er sitzt hier, weil Abenteuer tatsächlich vorkommen. Weil sie sich willentlich herbeiführen lassen, kaum dass Hemmungen und Skrupel überwunden sind – wenn er nur den Mut hat, seine Träume zu verwirklichen.

Er muss natürlich zuerst einmal träumen können. Er muss sich aus der schalen Atmosphäre des Alltags hinausträumen. Alltag und Abenteuer, das sind für ihn seit langem unvereinbare Gegensätze.

Abenteuer simulieren die Menschen bestenfalls im Kino. Vermutlich stammt daher das zeitweilige Bedürfnis, etwas Spannendes anzuzetteln. Einen harmlosen kleinen Krieg oder eine flotte Revolution. Leider sind die Menschen so beschaffen, dass dabei regelmässig das Falsche herauskommt. Ein Schritt vor, zwei zurück, mindestens zwei. Die Kriegsfreiwilligen haben spätestens im blutigen Dreck der Schützengräben die Nase voll. Und auch sein Abenteuer mit Elisabeth hat bestimmt nicht seinen ursprünglichen Erwartungen entsprochen.

Vorsicht also. Auch Lissabon kann schief gehen. Trank scheinen auf einmal die Szenarien mit negativem Spielausgang viel wahrscheinlicher als die rosig eingefärbten.

Zum Beispiel: In dem von ihm frequentierten, schummrigen Billardsaal in der Altstadt freundet er sich mit anderen Nichtstuern an. Es handelt sich um zwielichtige Gestalten, aber sie behandeln ihn, soweit ihn dies seine Sprachkenntnisse erkennen lassen, mit ausgesuchter Höflichkeit. Eigenartig nur, dass seine Freundin diesen Verkehr missbilligt. Aber schliesslich ist er jetzt, in dieser neuen Lebensphase, nicht gewillt, auf ihre Bedenken einzugehen.

Es kommt zu jenem entscheidenden Abend, an dem er all sein Geld verspielt. Er ist diesen Profis hoffnungslos unterlegen und sollte längst aufhören. Aber das bringt er nicht fertig. Sie übergehen seine Rückzugsversuche mit Lachen und Schulterklopfen. Sie sagen, ohne ihn mache das Spiel keinen Spass, und bestellen ihm ein weiteres Gläschen Porto.

Das letzte Spiel ist verloren, er kann seine Schulden nicht mehr bezahlen. Nun ist die Atmosphäre schlagartig ernüchtert. Seine Kumpane wirken plötzlich bedrohlich. Die Freundlichkeit ist wie weggeblasen. Er leert sämtliche Taschen vor ihnen aus. Kein Centavo mehr da. Da reissen sie ihm die Jacke vom Leib und befördern ihn unsanft vor die Tür. Unter den Augen des Personals und denen der übrigen Gäste, die so tun, als sähen sie nichts. Und einer seiner angeblichen Freunde bedeutet ihm schroff, er solle sich in diesem Lokal nie mehr blicken lassen.

Trank steht ohne Geld und ohne Papiere auf der Strasse. Und ihm dämmert, dass seine Lage verzweifelt ist. Sein mitgebrachtes Kapital ist übrigens längst verbraucht. Er hat in der letzten Zeit von den Einkünften seiner Freundin gelebt. Diese nimmt vor seinem inneren Auge die Gestalt eines Engels an und ist nun seine einzige Hoffnung.

Er macht sich auf den Weg und sucht sie in ihrer

Absteige und in den umliegenden Gassen, aber vergeblich. Es ist ein kalter, düsterer Januarabend, ein ekelhafter Nieselregen hat eingesetzt. Trank begibt sich zum Chiado, zu ihrer gemeinsamen Wohnung.

Die Wohnungsfenster sind dunkel, die Haustür verschlossen, sein Schlüssel steckt in der zurückgebliebenen Jacke. Er drückt sich im Hauseingang herum und merkt, wie er Misstrauen erregt. Die wenigen Passanten starren ihn an. Sie sehen einen hemdsärmeligen, verzweifelt wirkenden Mann in nassen Kleidern.

Um sich aufzuwärmen, begibt er sich in die Halle des Rossiobahnhofs. Er müsste jemanden um Telefongeld anbetteln, getraut sich aber nicht. Eine Polizeistreife wird auf ihn aufmerksam, so dass er es vorzieht, zu verschwinden.

Zurück zum Chiado. In der Wohnung brennt Licht, seine Freundin ist zu Hause, Gott sei Dank. Sie öffnet aber auf sein anhaltendes Klingeln nicht. Er tritt auf die Strasse hinaus und ruft zu den Fenstern empor, doch seine Stimme will nicht erschallen, er bringt nicht mehr als ein Krächzen zustande. Er ist daran, sich ernsthaft zu erkälten. Er ist nass und friert erbärmlich. Und er hat einen scheusslichen Hunger. Er gäbe jetzt viel für eine der warmen Suppen, die er in seinem satten Leben schon zurückgewiesen hat.

Er beginnt zu begreifen, dass er vom Schicksal innerhalb weniger Stunden gründlich demontiert worden ist. Er ist nun nichts anderes mehr als ein abgerissener Landstreicher, dessen weitere Existenz fraglich geworden ist. Er hat keine Ahnung, wo und wie er diese Nacht übersteht, wo sich ein warmer, trockener Platz findet. Auch ein Landstreicherdasein will gelernt sein.

Das ist der Augenblick, in dem Trank kapituliert.

Er begibt sich zur nächsten Polizeiwache und ist,

erschöpft und durchfroren, heilfroh, dass sie ihn in einer warmen, stinkenden Zelle übernachten lassen. Am Tag darauf kann er die Polizisten davon überzeugen, dass er Schweizer ist und ausgeraubt wurde. Und dem Schicksal sei Dank, sie lassen jemanden von der Botschaft kommen. Nach einigem administrativen Hin und Her kann er in die Schweiz zurückkehren.

Eine schmachvolle Rückkehr. Und er ist nicht einmal sicher, ob seine Familie, die er vor vier Monaten einfach sitzen liess, ihn wieder akzeptieren wird.

Genau bei diesem Gedanken empfindet er eindringlich, wie sehr ihm seine Familie gefehlt hätte. Und zudem hat ihm das Fluchtszenarium vorgeführt, was er längst wusste: er ist für ein Leben als Ausbeuter einfach zu weich oder zu skrupelhaft, jedenfalls ungeeignet.

Eine solche Flucht ist also nicht die Rettung. Sie gleicht dem panischen Davonflattern eines geköpften Huhns. Also weg von der Tagträumerei, von den vorgegaukelten Illusionen. Er muss sich seiner Situation in anderer Weise entziehen.

Es genügt nicht, zu wissen, was er nicht will und davor zu fliehen. Er muss sich darüber klar werden, was er will, und eine Strategie entwerfen, wie er dieses Ziel erreicht. So wie es ihm die Männer im Stiftungsrat vorleben.

Trank wird erneut aus seinen Gedanken gerissen. Der Präsident lässt über die Genehmigung des Quartalsberichts abstimmen, kündigt eine Pause an und fordert Trank auf, die Stimmen zu zählen und Fräulein Derring zu bitten, den Kaffee hereinzubringen.

3

Die Türe wird von einem weiblichen Hinterteil aufgestossen. Fräulein Derring zieht einen hübsch gedeckten Servierwagen mit Kaffeekrügen, Tassen, Zucker und Rahm ins Zimmer. Trank erhebt sich automatisch, um zu helfen. Als er eine der goldrandigen Tassen vom Wagen nimmt, streift er versehentlich mit der Hand Fräulein Derrings Brust. Der Kopflose will diesen köstlich aufregenden Vorfall ausnützen. Mit Hilfe einer vom Nüchternen galant formulierten Entschuldigung soll Trank nach der Sitzung den Bann brechen und mit der jungen Frau anbändeln.

Der Nüchterne winkt ab. „Wir haben keine Zeit für solche Spielereien, jetzt geht es um einen mutigen Blick in die Zukunft, bis zum erkennbaren Horizont, und um die Festlegung des Kurses, der dorthin führt."

Wegen dieser inneren Auseinandersetzung übersieht er Brockstättes strafenden Blick. Er setzt sich wieder und dankt Fräulein Derring, die ihm zuletzt einschenkt, mit knappem Nicken. „Viel zu kurz und beiläufig", sagt der Kopflose, „du siehst doch, dass sie mehr erwartete."

Dabei hat Trank eine Entschuldigung für die Unaufmerksamkeit. Ihn plagt leichte Übelkeit. Er hat vorhin, beim Durchspielen seiner anfänglich aufregenden und glorreichen, dann aber zum Scheitern bestimmten Flucht nach Lissabon wieder einmal zu hastig geraucht und zu stark an seiner an sich milden, schlanken Sumatra gezogen.

Oder ist seine allgemeine Erschöpfung daran schuld? Die Überreiztheit, die ihn befallen hat? Seine

Nerven, die er jahrelang mit wattigen Schichten des Verdrängens einigermassen zu schützen vermocht hatte, liegen neuerdings bloss. Die schlaflosen letzten Wochen, der Überdruss, der sich in Trank drückend staut und kein Wohlbefinden mehr zulässt, schliesslich die unangenehme Erkenntnis seiner unnatürlichen, auf Hirngespinste ausgerichteten Lebensweise. Was ist denn, zum Beispiel, der von ihm verfasste, vierteljährliche Rechenschaftsbericht der Stiftung anderes als ein Dokument einer verkrusteten Geisteshaltung?

Ich sollte etwas für meine Gesundheit tun, denkt er, das Rauchen aufgeben, den Alkoholkonsum eindämmen, endlich wieder die sonntäglichen Familienwanderungen aufnehmen.

Ihm fällt der Zeitungsartikel ein, den er seit einem halben Jahr in der Brieftasche herumträgt und nicht wegwerfen kann, weil er sich immer noch davon betroffen fühlt. Dieser Artikel besagt in wissenschaftlich nüchternem Ton, dass laut Statistik die Armen auf schlechtere Weise altern, weil sie sich den Risiken einer ungesunden Lebensweise durch Rauchen, Alkoholmissbrauch sowie falsche Ernährung gehäuft aussetzen. Über die Gründe wird spekuliert. Aber wie auch immer, die Schichtzugehörigkeit ist ausschlaggebend, und Trank hat bei der Lektüre beschlossen, dass sich diese Tatsache auch auf ihn beziehen müsse.

Materiell gehört er zwar keineswegs zu den Armen. Aber es ist ihm nie gelungen, sich anders zu fühlen, als es seiner proletarischen Herkunft entspricht.

Dieselbe mag bei Oederlein als Triebfeder gewirkt haben. Ihn hat sie gebremst. Er erinnert sich genau und mit neu belebter Unlust an Szenen, in denen seine Hemmungen und seine Verlegenheit zu Tage getreten sind. Er kämpft aussichtslos mit dem Problem, sich ständig in höheren Kreisen zurechtfinden zu müssen.

Immer wenn er gezwungen ist, etwas zu sagen, sagt er das Falsche.

Während der Kaffeepause (für von Warteck eine Mineralwasserpause, im Gegensatz zu Trank nimmt er Rücksicht auf seinen empfindlichen Magen) ist die Sitzung unterbrochen. Diese zehn Minuten – hat Brockstätte einmal bemerkt – bieten Gelegenheit, Allianzen zu knüpfen, einander für lukrative Unternehmen zu gewinnen oder auch nur, um gehobenen Klatsch mit angenehm salzigem Beigeschmack auszutauschen.

Generaldirektor von Warteck hat den Präsidenten in eine Ecke gedrängt und redet intensiv auf diesen ein. Ihr Gemurmel erreicht Trank, ohne dass er die einzelnen Worte versteht.

Hartmann und Professor Berglass haben sich beim Thema der Minderheiten gefunden und bestätigen einander eingehend, dass gerade im Jubiläumsjahr auch für die Randexistenzen ein Zeichen zu setzen wäre.

Brockstätte hat sich zu Nationalrat Oederlein gesellt, und dieser legt ihm dar, wie er mithalf, die neueste parlamentarische Motion zu den Hypothekarzinsen abzuschmettern. Oederlein hat eine seiner englischen Zigaretten zu Ende geraucht und deponiert den Stummel, ohne ihn auszudrücken, in einem der an der Innenwand des Zimmers aufgereihten Pflanzentöpfe. Es handelt sich um lieblos ausgesuchte, einheitliche Gummibäume, mit denen Trank ausnahmsweise kein Mitleid empfindet.

Und nun kommt Kindlimann und setzt sich zu Trank. Der rückt ab, denn er kennt den bestialischen Mundgeruch des Exgenerals. Vergeblich. Kindlimann, schon etwas taub (immer zu stolz, um bei Gefechtsübungen den Gehörschutz einzusetzen), rückt nach.

Eine faulige Welle erreicht Trank, ob der sich seine Übelkeit augenblicklich zu Brechreiz steigert.

Kindlimann sagt: „Hören Sie, Sie haben mir doch schon einmal bei Ulmer und Kellenberger Gummidichtungen für meine Gartenbewässerung beschafft. Wussten Sie übrigens, dass ich mit dem alten Kellenberger noch Dienst gemacht habe? Er hat es bei der Artillerie zum Brigadier gebracht, ist aber vor zwei Jahren gestorben, obwohl er immer sehr gesund gelebt hat. Na ja, nun benötige ich nochmals zwei Packungen Dichtungen, kann ich Ihnen den Zettel mit den Massen mitgeben? Sie kommen doch auf Ihrem Weg in die Stadt täglich dort vorbei."

Tatsächlich kommt Trank nicht einmal in die Nähe dieser Firma. Das hat er Kindlimann schon beim ersten Mal beizubringen versucht. Aber der ehemalige General inszenierte eine Riesendiskussion über den genauen Verlauf von Tranks Arbeitsweg, bis Trank schliesslich nachgab und zugestand, mit einem Umweg komme er schon bei Ulmer und Kellenberger vorbei. Er holte die Dichtungen und sandte sie Kindlimann in einem Umschlag der Stiftung, ohne je einen Dank zu erhalten.

Früher hat Trank selbst geglaubt, alt Divisionär Kindlimann habe ein Recht darauf, von ihm auch privat bedient zu werden. Nun erklärt er mit einer Ruhe, die ihn selbst überrascht: „Herr Kindlimann, um Ihnen das Leben zu erleichtern, müsste ich einen erheblichen Umweg auf mich nehmen, und dazu fehlt mir in diesen Tagen ganz einfach die Zeit, aber ich denke, Sie können die Dichtungen mühelos telefonisch bestellen, vielleicht berechnen die Ihnen nicht einmal ein Porto."

Kindlimann läuft rot an und erklärt: „Nein, eine solche Mühe kann ich von Ihnen natürlich nicht verlangen, besonders wenn Sie meinen, Sie seien überbeschäftigt. Ich weiss schon, dass heute jeder nur noch an sich selbst denkt." Er erhebt sich mit einem Ruck und sagt gekränkt: „Früher habe ich jede Menge von Adjutanten und Ordonnanzen gehabt, gewissermassen eine ganze Division, aber heute muss ich mich um alles selbst kümmern und wäre natürlich froh um ein bisschen Unterstützung." Dann schreitet er zu seinem Platz zurück.

Trank malt sich aus, wie sich Kindlimann nachher bei Brockstätte beschweren wird. „Ich habe doch nur um einen ganz kleinen Gefallen gebeten, um einen minimalen Botengang, mit dem Trank mich ganz enorm hätte entlasten können, aber dieser kleine Sekretär hat mich ganz kühl brüskiert, das ist ein frecher Hund, sage ich Ihnen, den behalten Sie besser im Auge."

Der Kopflose beglückwünscht den Nüchternen. „Endlich, sonst tust du immer so, als handle es sich bei deinen Leistungen um lauter Kleinigkeiten, während du beim Geringsten, das andere für dich tun, von dankbarer Rührung geradezu überwältigt wirst."

„Ist es etwa so", fragt sich der Nüchterne, „dass ich meinen eigenen Wert tiefer ansetze als jenen meiner Mitmenschen? Eigentlich gibt es dazu keinen Grund. Allerdings haben meine Eltern ihr Leben lang deutlich gemacht, dass sie weniger wert sind als die feinen Leute. Es sieht so aus, als seien sämtliche bürgerlichen Revolutionen spurlos an unserem Selbstbewusstsein vorübergezogen."

Dies hat der Historiker Trank mühelos in die allgemeinen geschichtlichen Prozesse einordnen können und darüber nachsichtig gelächelt. Nur ist ihm dabei entgangen, dass seine Eltern ihm anscheinend ihre eingefleischte hierarchische Weltordnung untergejubelt haben. Deshalb unterwirft er sich seit Jahren einer

Entwicklung, die ihn für nichtig erklärt, und wird mit fünfundsechzig auf ein bedeutungsloses Leben zurückblicken müssen.

Trank hört eine innere Stimme, die verdächtig jener des Präsidenten ähnelt und barsch erklärt: „Sie sind tatsächlich ein Nichts, zum selbstlosen Dienen geschaffen wie die meisten Menschen, und es liegt nicht an Ihnen, zu entscheiden, ob das, was Sie tun, bedeutungslos ist oder nicht. Das ist nun einmal die Aufgabe höherer Instanzen, begnügen Sie sich also mit dem, was Sie erreicht haben."

„Unsinn", ruft der Kopflose, und der Nüchterne sagt, „mir kam gerade ein aufregender Gedanke: In Abwandlung von Descartes' Methode stelle ich fest, meine Unruhe bezeugt nicht nur, dass ich existiere, sondern dass etwas in mir existiert, von dem ich mich zunehmend entfremde. Wenn ich diesen Gedanken weiter verfolge, dann müssen in mir urtümliche Eigeninteressen stecken, die zurzeit verschüttet sind, und ich meine damit nicht vulgären Egoismus, Hedonismus, Narzissmus und ebenso wenig rücksichtsloses Draufgängertum, sondern so etwas wie die Anlage zu einem eigenen Lebensweg aufgrund meiner Neigungen, Fähigkeiten und Grenzen. Diesen Weg muss ich gehen, wenn ich einen harmonischen Zustand erreichen will."

Wenn er diesem Weg folgt, muss er das Gefühl haben, dem Strom der Zeit entlang zu schreiten, wenn nicht sogar in ihm mitzuschwimmen. Dann erst kann er sich mit dem Ablauf der Geschehnisse eins fühlen.

Hat Trank dieses Gefühl schon einmal gehabt?

Gewiss. Einmal, nachdem er sich in kalter Wut und auf sich selbst zurückgeworfen vom alten Schwätzer Wickler und der schattenhaften akademischen Karriere losgesagt hatte. Damals, in der Weite und Ruhe am Felsstrand der Belle-Ile, unter dem Einfluss der ihm entgegenrollenden Wellen, sind seine Empfindungen in eine ähnliche Richtung gegangen, bis ihn das Angebot der Stiftung herausgerissen hat.

Und vorher noch, als er Maria umwarb. Nach ihrer Rückkehr aus Südfrankreich, wo sich ihre Lebenslinien unentwirrbar ineinander verschlungen hatten, war er vollkommen vom Ziel beherrscht gewesen, die Beziehung über eine Ferienliebelei hinaus fortzusetzen.

Er lebte ausschliesslich für diese eine Sache, die ihn vibrieren liess, und richtete sein ganzes Leben darauf ein, die junge Frau so oft wie möglich zu sehen.

Er ging morgens zur Arbeit an Wicklers Institut, wo er nach der Rückkehr aus Südfrankreich die ihm zugesagte Assistentenstelle angetreten hatte. Dann fieberte er der Mittagszeit entgegen und holte Maria in ihrer Bank ab. Anfangs verzehrten sie ihre Butterbrote in einem der zahlreichen Parks der Stadt. Später, mit kälter werdender Jahreszeit, assen sie in möglichst billigen Lokalen.

Am Abend trafen sie sich erneut. Es war Herbst, und sie unternahmen in der Dunkelheit lange Spaziergänge durch die Strassen der Stadt, in denen Windböen welke Blätter herumwirbelten. Oder sie liefen durch die nach und nach in winterliche Ruhe versinkenden Wälder der Umgebung. „Eigenartig", denkt Trank, „dass uns der Gesprächsstoff nie ausging." Am späten Abend brachte er Maria nach Hause. Maria wohnte noch bei ihren Eltern in einem bürgerlichen Viertel, Trank bei seiner Mutter in einem Arbeiterquartier am anderen Stadtende. Und nach Mitternacht, als keine Trams und Busse mehr fuhren, marschierte er, glühend vor Lebensgefühl, durch die kalte und leblose Stadt heimwärts. Eineinhalb Stunden.

Aber in jenen Nächten brauchte er kaum Schlaf. Er befand sich dauerhaft in einem angeregten Zustand.

Wobei er mit Maria die ganze Zeit über kaum schlief. Was in Südfrankreich fester Bestandteil ihres Lebens gewesen war, wurde hier durch die prüde Atmosphäre ihrer Elternhäuser bis auf wenige Ausnahmen verhindert. Doch das war nicht einmal so wichtig. Es ging jetzt darum, diese Frau vollends zu gewinnen. Hinter diesem Ziel trat alles andere zurück.

Trank hatte den Boden der allgemein anerkannten Wirklichkeit (welche die Menschen beschäftigt, von der die Zeitungen schreiben und die Medien berichten) zugunsten einer persönlichen Wirklichkeit verlassen. Sein Leben besass dadurch eine völlig andere Qualität als sonst, vorher oder nachher und heute.

Er erlebte den Alltag aus grosser Höhe. Die alltäglichen Dinge spielten eine untergeordnete Rolle. Es war ihm ziemlich egal, ob er ass, schlief, arbeitete, Zeitungen las und Nachrichten hörte. Ob er auf dem Laufenden war oder nicht.

Er vernachlässigte seine Mutter – worüber sie sich bitter beklagte – und seinen Freundeskreis und tat an Wicklers Institut nur das Notwendigste. Wenn Wickler kurz vor zwölf ins Büro trat und ihn, wie es seine Art war, ausgerechnet vor der Mittagspause in eine längere Fachdiskussion verwickeln wollte, hatte Trank keine Hemmungen, um zwölf zu erklären: „Herr Professor, Entschuldigung, aber ich habe eine Verabredung und muss gehen." Ohne eine Antwort abzuwarten, ergriff er den Mantel und verliess das Zimmer, während Wickler ihm verblüfft nachstarrte.

Später, nach der Heirat, hat ihn dieser frische Mut verlassen. Er hat sich so etwas nicht mehr zugetraut und ist zunehmend in die Haltung eines Menschen hineingeraten, der für die Verbindlichkeit lebt.

Der Grund dazu kann nur gewesen sein, dass er

sein Ziel erreicht hatte, und dass damit die Ziellosigkeit begann.

So ein Ziel muss er sich wieder setzen. Er braucht einen Polarstern für seine Navigation, der den durch alltäglichen Kram überkrusteten, urtümlichen Eigeninteressen seines Wesens zum Durchbruch verhilft.

Zu diesen gehört, wenn er an die Eroberung Marias zurückdenkt, zweifellos die kostbare Beziehung zu seiner Frau und ihren gemeinsamen Kindern. Er spürt deutlich, dass sie ihm alles andere als gleichgültig sind. Trotzdem hat er zugelassen, dass er sich ihnen in den letzten Jahren gründlich entfremdete.

Und das liegt allein an ihm. Sie bemühen sich um ihn, während er sich abschottet. Sie versuchen, ihn an ihren Errungenschaften teilnehmen zu lassen, und er reagiert nicht darauf. Oder nur abweisend. Das muss einer der Gründe sein, warum Maria sich die ganze Zeit diskret um ihn sorgt. Diskret, weil er direkte Fragen nicht erträgt, sondern sie gereizt zurückweist.

Seine vergleichsweise kooperativen Kinder suchen bei ihm Rat, an dessen Stelle er ihnen, wie er nun erkennt, meist zynische Bemerkungen abgibt. Zum Beispiel wenn sie ihn über das politische Geschehen befragen. Oder über seine Meinung zu einem neuen Film.

Trank stellt beschämt fest: „Ich spiele die Rolle des Schwierigen und blockiere dadurch die Menschen, die mir am nächsten stehen, so wie mich meine eigene Situation blockiert. Das ist ja grotesk. Gerade dort, wo ich tatsächlich etwas gestalten darf – und meine Familie wartet nur darauf, dass ich sie mitgestalte –, versage ich ganz einfach, weil ich in meinem Alltag, der nicht meinetwegen so hektisch ist, ob der Fülle unwichtiger Details etwas Wesentliches übersehe."

Der Präsident klatscht in die Hände und verkündet, die Sitzung gehe weiter. Die Stiftungsräte rücken ihre Sessel zurecht. „Mir fällt allerdings auf", fährt der Präsident fort, den rechten Mundwinkel nach oben gezogen, „dass unser zweiter Sekretär heute einen ziemlich abwesenden Eindruck macht. Er wälzt wohl bedeutendere Probleme, als sie bei der Sitzung zur Sprache kommen. Nach seiner anhaltend gerunzelten Stirn zu schliessen befasst er sich mindestens mit der ferneren Zukunft der Stiftung."

Brockstätte blickt Trank strafend an, und die Stiftungsräte brechen in herzliches Lachen aus. Sogar Hartmann erlaubt sich ein Schmunzeln. Trank bemüht sich um eine passende Miene. Passend ist hier nur ein Pokergesicht, aber dieses will ihm nicht gelingen. Seine Gesichtsmuskeln handeln unwillkürlich und nicht so, wie er es wünscht. Sein Kiefer krampft sich zusammen, und unter den Jochbeinen spürt er ein unsicheres Flattern.

Eine ungute Rollenverteilung. Wichtig ist nicht so sehr, dass er dabei das Opfer ist, sondern dass die Stiftungsräte entspannt lachen können, während er verkrampft dasitzt. Die Frage lautet demnach, weshalb besitzen sie Distanz und er nicht? Und Trank erkennt, dass sie sich nicht mit der Materie beflecken, sondern sich damit begnügen, diese mit Hilfe von ferngesteurten Untergebenen zu manipulieren. Wie Luftgeister.

Trank wünscht sich zwar gleichfalls Distanz, aber auch ein Eindringen in die Materie, eine gründliche und beständige Verwurzelung im Boden der Wirklichkeit.

Ein Kalenderbild, das er in seinem Bastelraum an die Wand geheftet hat, taucht in seinem Kopf auf: Eine einzeln stehende, höckrige, verdrehte Kiefer, oberhalb der Waldgrenze in die Felsen der kalifornischen Sierra Nevada gekrallt. Die Wurzeln nach Halt greifend, tief in die Spalten des Gesteins dringend, auch auf der Suche nach Wasser. Der Witterung ausgesetzt und ihr trotzend.

Mutig. Autonom. Aufs Wesentliche konzentriert. Lebenshungrig.

Diesem Symbol entspricht das Dasein der Stiftungsräte bestimmt nicht. Dann gleichen sie schon eher jenen räuberischen Vögeln, die den Baum als Landeplatz und Auslug benützen. Soll er, um Distanz zu erreichen, eine Karriere anstreben, die jener der Stiftungsräte gleicht? Ein solcher Weg ist nach seinen Überlegungen von heute Morgen nicht auszuschliessen, wenn er nur will.

Der Kopflose antwortet sofort, nein, auch der freie Baum in der Sierra Nevada besitzt Distanz, von seinem Standort aus öffnet sich der Blick aufs weite Land. Und der Nüchterne ergänzt, ich habe schliesslich aus Neigung Geschichte studiert und damit eine spekulative anstelle einer handelnden Daseinsform gewählt und habe schon vor langer Zeit die Möglichkeit verworfen, aufgrund von Macht die Welt nach meinem Willen und zum eigenen Nutzen zu gestalten, ihr meinen Stempel aufzudrücken und mit Hilfe von abhängigen Menschen irgendein Unternehmen aufzuziehen.

Hat eine solche Karriere, ausgerichtet auf Macht, Reichtum und Ansehen, jemals einen tiefer reichenden Sinn? Nun, allenfalls wenn sie zur Unsterblichkeit aufgrund geschichtswürdiger Taten führt, an welche die antiken Römer geglaubt haben.

Allerdings ist die Ausgangslage, um sich zu verewigen, denkbar ungünstig in einer Zeit, die sich durch Massenproduktion und Nivellierung auszeichnet. Es gibt immer weniger Herausragende. Sogar berühmte Denker, Künstler, Wissenschaftler treten heutzutage in

Massen auf und produzieren massenhaft anerkannte Leistungen, ganz abgesehen von den Administratoren und Politikern.

Trank fasst die um den Tisch Sitzenden ins Auge und verspürt keine Lust, in ihren erlauchten Kreis zu gelangen, wo man sich, nachdem man es geschafft hat, für den Rest des Lebens gegenseitig anerkennend auf die Schultern klopft.

Der Blick in die Runde offenbart ihm plötzlich eine gereizte Stimmung. Die gemeinsame Heiterkeit ist verflogen. Kindlimann hat Oederlein soeben aufgefordert: „Herr Oederlein, mässigen Sie gefälligst ihre Raucherei, denn Ihre Zigaretten stinken unerhört, das ist ja nicht auszuhalten."

Berglass ergreift die Gelegenheit und erklärt: „Nicht zuletzt aus Rücksicht auf meine Mitmenschen rauche ich Pfeife, nach meiner Erfahrung schätzen die meisten sogar den würzigen Duft, doch wenn das hier nicht so sein sollte, kann ich mich selbstverständlich zurückhalten."

Oederlein faucht: „Die professorale Pfeife steht nicht zur Diskussion", und an Kindlimann gewandt, „ich rauche zwar, doch saufe ich nicht." Kindlimann erbleicht und blickt Hilfe suchend von Warteck an. Dieser hisst die Flagge der Neutralität und hüllt sich in Schweigen.

Der Präsident sagt: „Solange ich Präsident bin, gedenke ich die Sitzungen so zu gestalten, dass sich alle Mitglieder des Stiftungsrates wohl fühlen. Ich bitte daher Herrn Kindlimann, den Platz zu wechseln, am besten ans untere Tischende, damit ihn der Rauch der Herren Oederlein und Berglass nicht stört, und Herr Trank soll auf das Rauchen verzichten."

Trank sieht allmählich klarer. Alles ist zwar noch verwirrend neu und lässt sich nicht in wenigen Sätzen umschreiben, aber er ist dabei, das, was er will, von verschiedenen Seiten her einzukreisen. Und es beginnt sich in ihm eine Richtschnur abzuzeichnen, ähnlich der Religion für den Menschen des Mittelalters. Sie verlangt von ihm, ein Leben nahe am Strom der Zeit zu führen und dadurch ein Gefühl für die unbeirrbar ablaufende Zeit zu entwickeln. Nur so kann er entscheiden, ob er die ihm zugemessene Lebensspanne richtig nutzt.

Das bedeutet, sobald die Grundlage seiner Existenz gesichert ist, heisst das erstrebenswerte Kapital nicht mehr Geld, sondern Zeit, die ihm zur Verfügung steht, um etwas aus sich zu schöpfen, das zweifellos in ihm vorhanden ist, wenn auch verschüttet.

„Verräter", wirft der Kopflose impulsiv ein, „wenn du so über den Sinn des Lebens denkst, wischst du die Vorstellungen deiner proletarischen Familie einfach beiseite."

In seiner Familie lebte man in vorgegebenen Bahnen ruhig vor sich hin. Man wich jeder höheren Forderung aus. Als Gegenleistung waren die Ansprüche ans Leben gering. Das Leben verlief leidlich angenehm und mit niedriger Intensität. Die hohe Intensität überliess man den Helden der Zeit, Sportlern, Schauspielern, Politikern, Unternehmern. Jenen, von denen die Zeitungen und das Fernsehen täglich berichteten.

Tranks Eltern und die weiteren Verwandten beschränkten sich darauf, Anteil an den kolportierten Abenteuern der Prominenz zu nehmen. Und erträumten derartige Karrieren allenfalls für ihre Nachkommen.

Genau aus diesem Grund haben seine Eltern Trank ein Studium ermöglicht. Und für seinen toten Vater wäre ein zweiter Sekretär der SAHI eine mehr als nur annehmbare Endposition gewesen. Er hätte nicht verstanden, weshalb sich Trank dabei nicht glücklich fühlt. In wiederkehrendem Refrain hätte er auf das Ansehen und die gute Bezahlung hingewiesen.

Plötzlich erinnert sich Trank an seinen Jugendfreund, einen Arbeitersohn wie er. Wenn sie zusammen mit ihren Plastikindianern (mit Hilfe von Kaugummibons gesammelt) spielten, ging Trank immer davon aus, dass jeder möglichst viele Figuren haben wollte (Ansehen, Reichtum, Macht) und diese daher gerechterweise genau hälftig zu verteilen waren. Aber sein Freund, der schon als Knabe Weisheit besessen haben musste, winkte lächelnd ab und überliess den grösseren Teil der Figuren Trank. Trotzdem sahen die Spiele, die sein Freund sich ausdachte, interessanter aus.

Trank bedauert, dass er die Kunst des Verzichtens bisher nicht beherrschte. Wie das Beispiel aus seiner Jugend illustriert, ist vorerst mit dem Verzicht zwar ein Opfer verbunden, später eröffnen sich dadurch jedoch Möglichkeiten, die den Verzicht bei weitem aufwiegen.

Wenn er zum Wesentlichen vorstossen will, muss er lernen, aufs Glamouröse, aber Unwesentliche zu verzichten. „Sein statt Schein", echot es aus der Tiefe seines Gedächtnisses, aber er drängt das Schlagwort beiseite, getreu dem, was er sich vorgenommen hat.

Demnach geht es in Zukunft darum, das, was ihn vom Leben ablenkt, als Ballast abzuwerfen. Was braucht er eigentlich unbedingt?

Er benötigt Nahrung, Behausung, die Möglichkeit eines geschützten Schlafes und den Geschlechtsakt in natürlicher oder sublimierter Form. Dann den familiären Rückhalt, Selbstbestätigung, vermutlich soziale Beziehungen. Sodann zweifellos die Kultur, hat er doch sein Studium verinnerlicht. Und als Basis dazu die Möglichkeit, den Lebensunterhalt – und nichts sonst – für sich und seine Familie zu verdienen.

Über seine gesellschaftlichen Beziehungen hat er an diesem Morgen noch nicht nachgedacht.

Sobald er es tut, überkommt ihn Abneigung. Diese Beziehungen sind nur selten substanziell. Kein Wunder, verläuft doch das Leben der Beteiligten substanzlos. Es gibt demnach auch nichts zu erzählen, was über Bagatellen im Beruf und Haushalt hinausreicht. Schade, dass die Menschen ihre kostbaren Emotionen daran vergeuden. Und falls jemand in der Runde dennoch einmal etwas erlebt, das wert wäre, festgehalten zu werden, wird er eifersüchtig mundtot gemacht oder von einem übertönt, der sich für wichtiger hält.

Trank erinnert sich, wie ihn Fräulein Derring während einer Kaffeepause gefragt hatte, was es mit dem Labyrinth des Minotaurus auf sich habe. Trank, als Historiker mit der kretischen Mythologie vertraut, setzte zu einer Erklärung an, wurde jedoch brutal von Brockstätte unterbrochen, der anfing, von seinen Ferien auf Kreta zu schwärmen. Brockstättes Ton machte klar, dass keiner der Anwesenden vor ihm die Insel besucht haben konnte und er als Einziger berechtigt war, sich über Kreta auszulassen. Dabei klang, was er sagte, unecht. „Das betet er einem Reiseführer nach", dachte Trank, „er hat die Reise gar nicht wirklich erlebt."

Jetzt fragt sich Trank, ob seine Zeitgenossen überhaupt die Welt erleben? Es scheint, dass sich nur im Fernsehen und in den Zeitungen etwas ereignet. Die über einem guten Essen oder beim Kaffee ausgetauschten Belanglosigkeiten stammen denn auch direkt aus dem Mund von zweidimensionalen Fernsehfiguren und beziehen sich bestenfalls auf die weltbewegenden Ereignisse der vergangenen zwei, drei Tage.

Bei solchen Gelegenheiten steht Trank übrigens regelmässig konträr zu den gängigen Ansichten. Er als Historiker muss sich ständig über geschichtliche Vorgänge belehren lassen, wie sie sich in Wahrheit und nicht in den verstaubten Lehrbüchern der Geschichtswissenschaft abgespielt hätten. Die Hemmungslosigkeit ist so weit fortgeschritten, dass sich seine Freunde und Bekannten nicht mehr um das kritisch gesammelte menschliche Wissen bemühen, sondern nur noch an das glauben, was leichtfüssig daherkommt und ihnen gerade in den Kram passt – und sei es die Astrologie.

Vorbei die Studienzeit mit ihren stundenlangen Gesprächen über die Ideenwelt. Und stösst die Runde, gezwungen von äusseren Ereignissen, doch noch auf ein existenzielles Thema, so wird dieses unpersönlich abgehandelt. Die Menschen um den Tisch herum sagen nicht, was sie empfinden, sondern was sie glauben, sagen zu müssen. Zwischen ihre Seelen und ihre Zungen sind hundert Filter der Verzerrung und der Zensur eingelegt.

Das einzig Substanzielle, an dem sich Trank in solchen Situationen festhalten kann, sind das Essen und der Wein. Er schlingt automatisch Substanz hinunter und trinkt mehr, als ihm zuträglich ist. Ein Glück, dass er nicht dazu neigt, Fett anzusetzen. Dafür wird ihm regelmässig schlecht.

Während Trank über die zukünftige Gestaltung seiner gesellschaftlichen Kontakte nachdenkt, tritt die Wirklichkeit der Stiftung wieder an ihn heran. Ohne ihn zu überrumpeln. Nach sechsundzwanzig Sitzungen ist er in der Lage, seinen Gedanken nachzuhängen und gleichzeitig mit halbem Ohr dem Verlauf zu folgen.

Von Warteck beantragt, den Nachwuchs jener Parteien, die in der Landesregierung vertreten sind, finanziell zu unterstützen. Der Generaldirektor steht vor der Leinwand, hat einen Teleskopstab aus der Brusttasche gezückt und wippt ungeduldig auf den Füssen. Der Präsident fordert Trank auf, sich neben den Hellraumprojektor zu stellen und auf Anweisung von Wartecks die Diagramme aufzulegen.

Trank hasst es, seine Gedanken gerade zum jetzigen Zeitpunkt unterbrechen zu müssen, nun wo er sich endlich mit seiner Zukunft befasst. Die von Warteckse Strategie zur Gewährleistung der politischen Eliten interessiert ihn in keiner Hinsicht. Ihn interessiert vielmehr die Tranksche Strategie, um von diesem Unsinn loszukommen.

Die Störung seiner Planung giesst seinen Entschluss in Zement. Jetzt muss er handeln. „Noch heute, du hast es versprochen", verlangt der Kopflose.

Von Wartecks Referat dauert volle zwanzig Minuten und ist überflüssig, denn von Anfang an ist sonnenklar, dass dieser Antrag genehmigt wird. Der Stiftung fliesst das Geld so reichlich zu, dass sie froh ist, Aufgaben zu finden, die bedenkenlos unterstützt werden können. Nicht einmal Gewerkschafter Hartmann wird dagegen sein, da die Partei, der er nahe steht, dank permanenter Misswirtschaft unter chronischem Geldmangel leidet.

Trank überlegt sich, ob die Diagramme, die von Warteck jeweils seinem Verwaltungsrat präsentiert, auch so nichts sagend sind, muss sich aber sofort eingestehen, dass der Generaldirektor bestimmt über einen grosszügig dotierten Stab von Mitarbeitern à la

Trank verfügt, die mangels besserer Lebensziele ihr Herzblut darauf verwenden, den Unterlagen jenen Sinn zu geben, der jedem Verwaltungsrat honigsüss einfliessen wird.

Nach dem Referat tritt ein, was Trank nicht für möglich gehalten hat. Berglass und Kindlimann verlangen eine Diskussion. Sie mögen ihr Jawort nicht einfach trocken abgeben. Sie wollen es blumig ausschmücken. Sie reden alle, als ob Kameras auf sie gerichtet wären.

Nur schade, dass Professor Zurzinger nicht mehr im Rat sitzt. Dieser Zoologe hatte bei derartigen Gelegenheiten rüde eingegriffen und ziemlich laut erklärt, seine Zeit sei kostbar, er müsse ins Labor zurück. Wenn sowieso klar sei, dass alle einverstanden wären, erübrige sich die Diskussion, der Herr Präsident solle doch besser endlich abstimmen lassen.

Er fand im Stiftungsrat keine Resonanz. Von einem Professor liessen sich die Herren nicht schulmeistern. Zurzinger reagierte, indem er nur noch für zwei Stunden zur Sitzung kam, da sie in dieser Zeit, wie er selbstsicher verkündete, alle Traktanden erschöpfend behandeln könnten. Das liess sich der Stiftungsrat nicht bieten. Der Präsident legte Zurzinger den Rücktritt nahe. Dieser demissionierte sofort und, wie er schrieb, mit Genugtuung. Worauf der Rat, unter Berücksichtigung aller wichtigen Gruppen der Konkordanzdemokratie, Professor Berglass als Vertreter der Wissenschaft zum Nachfolger wählte.

Während Trank der Kopflose sich über die zeitraubenden Exerzitien des Stiftungsrates empört, will der Nüchterne gerecht sein. Vielleicht besteht zwischen von Warteck und seinen Kollegen dieselbe Partnerschaft wie zwischen einem Romanautor und seiner

Leserschaft. Mit den blossen Worten allein ist wenig anzufangen, der Leser braucht seine Fantasie, um den Text zu beleben. Von Wartecks Kollegen sehen vermutlich hinter dessen Ausführungen mehr, als Trank es vermag. Ihm fehlt einfach die nötige Antenne, um die Sendung in voller Stärke zu empfangen, oder das Sensorium, sie umzusetzen. Ebenso wie den Stiftungsräten das Verständnis für die Romane, die Trank liest, abgehen dürfte.

Immerhin gibt auch der Nüchterne zu, dass vieles an dieser Sitzung rituellen Charakter hat. Und er ist mittlerweile davon überzeugt, dass menschliche Unternehmungen, wenn man nichts dagegen tut, eine Eigendynamik entfalten, die zum Selbstzweck führt.

Die Stiftung, zum Beispiel, dient nur noch sich selbst.

Ihr Gründer, ein Ferdinand Hablützel – der Anwalt der Stiftung, Herr Hablützel, ist ein direkter Nachkomme von ihm – hatte sein Dasein genutzt, um die seinem Namen innewohnende Verwünschung – wenig zu besitzen – zu widerlegen. Er hatte anfangs des 19. Jahrhunderts mit dem Handel von Kakaobohnen Geld gescheffelt, und als er kinderlos in die Jahre gekommen war, begegnete er Henri Dunant und war so beeindruckt, dass er beschloss, sein Vermögen der Förderung des Humansimus zu stiften.

Mag sein, überlegt Trank, dass damals das Geld wirkungsvoll eingesetzt wurde. Heute könnte man die Stiftung ohne Verlust aufheben. Der ursprüngliche Zweck reicht nicht mehr aus, ihr Substanz zu verleihen. Sie schafft sich daher mit Hilfe des Verwaltungsaufwandes eine Scheinsubstanz; zum Beispiel mit dem Quartalsbericht, den Trank ausschliesslich fürs Archiv verfasst. Und für die Behandlung der Anträge werden immer engmaschigere Netze von Vorschriften gewoben.

Aber wer schon könnte dem Präsidenten, den Stiftungsräten und Brockstätte die Sinnlosigkeit ihrer Tätigkeit beibringen? Sie würden sich vehement wehren. Weder den Stiftungszweck, noch die Statuten, noch die Art der Geschäfte lassen sie in Frage stellen, solange diese statutenkonform abgewickelt werden. Schliesslich ist eine traditionelle Institution, die hundertfünfzig Jahre überdauert hat, schon ein Wert an sich.

Trank kommt der Verdacht, dass die Unbeweglichkeit, die ihn blockiert und veranlasst hat, sich jahrelang einfach von der Routine treiben zu lassen, in bester Weise zur Stiftung passt. „Dann ist es erst recht höchste Zeit, dass wir uns davonmachen", drängt der Kopflose.

„Und mit welchem Ziel?"

Völlig ungebunden würde er sich am liebsten in die kanadische Wildnis absetzen, um dort den Lebensunterhalt möglichst einfach und elementar zu bestreiten. Eine selbst gebaute Blockhütte inmitten von duftenden Tannen, ein selbst gegrabener Brunnen, in einer gerodeten Lichtung ein Gemüsegarten, Jagen, Angeln. Die Kinder auf ein Leben in der Wildnis hin erziehen.

Doch ganz so weit ist er noch nicht. Nicht nur, weil er als Historiker für die Wildnis nicht tauglich ist, sondern auch, weil ein solcher Lebensunterhalt einen hundertprozentigen Einsatz von ihm fordert und er seine urtümlichen Eigeninteressen unter einem Haufen von Tannennadeln begraben müsste.

Also was?

Er weiss es endlich. Wie es seine Art ist, hat er sich diesem Ziel nicht direkt, sondern auf Umwegen genähert, in unzähligen, fintenreichen Schachzügen, mit denen er sämtliche anderen möglichen Richtungen ausprobiert und verworfen hat.

Ausgelöst wurde der ganze Prozess vor zwei Monaten. Und jetzt sieht er endlich klar. Er hat erkannt, dass er jahrelang ziellos auf einem Irrweg herumtappte. Er weiss, wo und wann dieser begonnen hat. Auf der Belle-Ile. Und der Ausweg heisst, an jenen Ort und gleichsam in jene Zeit zurückzukehren und nochmals von vorne anzufangen.

Vor zwei Monaten, an einem sommerlichen Sonntag, war Marias Bruder, der Bauingenieur, bei Tranks zu Besuch erschienen. Die Kinder waren in der Badeanstalt oder sonst wo. Trank und die beiden Geschwister sassen in bequemen Stühlen beim Kaffee im Garten unter dem Sonnendach. Durch Tranks geschlossene Augenlider drang ein rötlicher Schimmer. Die Natur döste in der Hitze vor sich hin. Sie plauderten ruhig.

Sein Schwager war bei der Sache, ehe Trank dies bemerkte. Er brauche, so erklärte er, Ordnung in seiner Registratur, wo sich Projektunterlagen aus mehrjähriger Arbeit angesammelt hätten. Ferner wolle er für sich und seine neuneinhalb Mitarbeiter eine kleine Fachbibliothek einrichten. Er könne es sich nicht länger leisten, die kostspieligen Standardwerke, Fachzeitschriften und Kompendien unter den in den Büros angehäuften Papieren verschwinden zu lassen. Und schliesslich wolle er seine Firma in eine Aktiengesellschaft umwandeln und brauche dabei Assistenz.

Trank dämmerte vor sich hin und nahm die Worte durch den Hitzeschleier nur gedämpft wahr. Und schon kam es. Wenn Trank endlich genug habe von der Stiftung, könne er bei ihm anfangen, jederzeit, sagte sein Schwager.

Natürlich war Trank entgeistert. Und natürlich behauptete er sofort und mit unsicherem Lachen, das Angebot könne nicht anders als scherzhaft gemeint sein. „Aber nein, durchaus nicht", versicherte sein Schwager, und er klang leicht verärgert.

Maria fragte nach dem Lohn. Die Summe, die ihr Bruder nannte, entsprach ungefähr der Hälfte von dem, was Trank bei der SAHI erhielt. Immerhin könne Trank bei ihm ohne jede Hetze arbeiten, gab der Ingenieur zu bedenken.

Maria äusserte Bedenken wegen des Hauszinses. Ihr Bruder schlug vor, das Haus zu verkaufen und in seine Nähe zu ziehen. Ein so kleines Reihenhaus mit dem winzigen Garten biete ohnehin kaum mehr als eine geräumige Wohnung. Er könne ihnen zudem eine günstige Wohnung in einer Altliegenschaft verschaffen, an der er beteiligt sei.

So ging es weiter. Alle praktischen Probleme schienen lösbar. Der Ingenieur hatte offensichtlich bereits alles systematisch durchgedacht. Trank fühlte sich ausgesprochen unsicher. War er denn überhaupt unglücklich? Was verbesserte sich durch den Vorschlag seines Schwagers überhaupt für ihn?

Er wehrte ab, indem er die Zukunftsvision überzeichnete. Er selbst als Kaninchenzüchter, Maria als Gebieterin über einen Hühnerhof, alles zum Zweck der Selbstversorgung – aus heutiger Sicht scheint ihm nicht einmal dieser Gedanke abwegig. Die beiden Geschwister machten mit, offenbar ihm zuliebe. Sie bauten zu dritt alberne Luftschlösser und lachten viel darüber.

Aber beim Abschied sagte sein Schwager nochmals, das Angebot gelte, nur müsse sich Trank demnächst entscheiden.

Inzwischen ist Kindlimann dabei, sich für die Unterstützung einer Wanderausstellung über die Geschichte der schweizerischen Kavallerie ins Zeug zu legen. Der sonst schlaffe Exgeneral versprüht Funken der Begeisterung. Selbstverständlich unterlässt er es auch heute nicht, die Abschaffung dieser edlen und männlichen Waffengattung als bedauerlichen Fehlentscheid der Politiker zu deklarieren.

Auch diesem Vorhaben wird der Stiftungsrat in Einigkeit zustimmen. Trank wird anschliessend ein entsprechendes Schreiben an die Antragsteller anfertigen und es mitsamt Protokollauszug dem Präsidenten zur Unterzeichnung vorlegen. Der Gedanke, sich einer scheinbar so bedeutungsvollen Aufgabe zu entziehen, berührt ihn lustvoll.

Langsam beginnen sich die Umrisse seiner Zukunft konkret abzuzeichnen.

Er braucht einen einfachen, handfesten Beruf, der auf unmittelbar erkennbare Ziele statt auf leere Prozeduren gerichtet ist. Etwas, das offensichtlich getan werden muss. Gartenarbeit, Landwirtschaft, Krankenpflege, Autos reparieren, notfalls sogar Buchhaltung. Sonst gelangt er ins alte Fahrwasser des aufreibenden Dienens und muss dauernd gegen mächtige Routinen, die in ihm verankert sind, ankämpfen. Deswegen kann er das Angebot seines Schwagers höchstens für eine befristete Dauer annehmen, denn seine Tätigkeit wäre dieselbe wie bei der Stiftung, nur eine Spur freundlicher.

Wie er zu einem solchen Beruf gelangt, ist noch unklar. Doch müsste ihm dieser genügend Zeit lassen, um selbst noch schöpferisch etwas zu gestalten. Ein eigenes, visionäres Projekt, das die Kleinigkeiten des beruflichen und privaten Alltags als nebensächlich erkennen lässt, zum Beispiel eine historische Arbeit.

Ideen dazu hat er mehr als genug. Im Augenblick,

da er eine innere Tür aufstösst, strömen sie ihm zu, Assoziationen einer komplexen, vernetzten, geheimnisträchtigen Welt, die nur darauf wartet, entschlüsselt zu werden.

Er schwört sich, in seinem künftigen Leben nichts zu unternehmen, um zu Ruhm und Ansehen zu gelangen, denn dann wäre er wiederum ähnlichen Regeln wie bei der Stiftung unterworfen. Er wird seine Geschichtsforschung zur eigenen Erbauung betreiben. In völliger Freiheit und Autonomie. Längst nicht alles, was ein Mensch tut, muss dem gesellschaftlichen Fortschritt dienen.

Dieses Ziel lohnt den Verzicht auf sein hohes Salär, auf das Ansehen als Sekretär der SAHI sowie auf das Reihenhaus. Selbst den Saab – an müden Abenden, im Gedränge des Stossverkehrs, sein ganzer restlicher Stolz – wird er notfalls opfern. Er ist bereit, diesen Weg einzuschlagen.

„Doch wenn wir vom Angebot des Schwagers nur befristet Gebrauch machen, was kommt danach", fragt der Nüchterne, und fährt weiter, „können wir denn einfach diese sichere Stelle aufgeben, ohne etwas Neues in der Hand zu haben?" „Ach komm", plädiert der Kopflose, „werde jetzt, wo wir so weit gekommen sind, nicht wieder unsicher. Lass für einmal deine Ängste beiseite. Jetzt wagen wir den Aufbruch ins Ungewisse."

Der Nüchterne zögert noch: „Es geht heute erst um den grundsätzlichen Entschluss, alles ist so überraschend, vielleicht sollten wir nochmals darüber schlafen."

Der Kopflose ruft: „Dein Zaudern ist unzumutbar, auf diese Weise geschieht nie etwas, ich habe beim Vorsatz, den langen Irrweg endlich rückgängig zu machen, ein gutes Gefühl, und der köstlichste Vorteil: Der Abgang lässt sich umgehend verwirklichen. Merke dir, ich habe es nach all den vertanen Jahren eilig, und ich vertraue darauf, dass wir eine bessere Lösung finden, wir müssen nur endlich anfangen zu suchen. Nach dieser langen Phase der Erstarrung ist Beweglichkeit gefragt."

Der Nüchterne gesteht zu: „Ich sehe das ein, und ich stelle auch fest, dass ich mich bei derartigen Entscheidungen immer mit meinen vorsichtigen Abwägungen gegen dich durchgesetzt habe. Und dies hat nicht verhindert, dass wir uns für Jahre im Dickicht der Langeweile verheddert haben. Jetzt ist der Augenblick gekommen, uns einmal auf dich und deinen Instinkt zu verlassen. Ich habe es jetzt begriffen. Wenn ich mich wieder in ein gemachtes Nest setze, ändert sich nichts, sondern nur, wenn ich mich dem Ungewissen stelle und auf meine Kreativität vertraue."

Trank sieht nun klar und deutlich, was zu tun ist, und spürt, wie sich ein längst verschüttetes Glücksgefühl wie eine warme Welle in ihm ausbreitet.

Die Sitzung geht allmählich ihrem Ende entgegen. Die Mittagszeit naht. Die Stiftungsräte werden gemeinsam zum Essen gehen, aus Tradition, wobei Oederlein und Kindlimann ihren Streit weltmännisch beilegen werden. Das gehört dazu.

Eine wichtige Sache steht noch auf der Traktandenliste. Trank ist sicher, dass der Rat darüber die verbleibende halbe Stunde diskutiert. Es geht um den Herbstausflug des Stiftungsrates. Bestimmt schlägt Berglass als Ziel eine Klosterkirche vor, Kindlimann ein Rebgut mit Weinkeller, von Warteck eine Bergtour im Bündnerland, Oederlein die Besichtigung eines Industriebetriebs und Hartmann diejenige des neuesten Stellwerks der Bundesbahnen.

Doch Trank kann nicht mehr warten.

Er erhebt sich, tritt zwischen Präsident Biland und Brockstätte und sagt laut: „Meine Herren, ich muss jetzt leider sogleich privat weg und schlage vor, dass Herr Brockstätte die Protokollführung übernimmt. Er kann das, als erster Sekretär." Schlagartig herrscht Ruhe. Alle blicken ihn an, wie er aufgerichtet dasteht, und Trank fühlt, sie empfinden sein Verhalten als monströs ungehörig.

Brockstätte erbleicht, und Biland sagt schneidend: „Setzen Sie sich umgehend oder nennen Sie mir einen triftigen Grund dafür, das Sie gehen müssen, aber ich warne Sie, wenn es sich nicht um einen echten Notfall handelt, stehen Ihre Karten schlecht".

„Der ist einfach ein fauler Hund, und nichts anderes", brummt Kindlimann vor sich hin.

„Dem Geruch nach sind eher Sie am Verfaulen, nicht ich", antwortet Trank ruhig. Berglass und Hartmann lachen auf, und sogar Oederleins Mund zieht sich in die Breite. Von Warteck ruft empört: „So eine masslose Frechheit! In unserem Haus wäre dies ein Kündigungsgrund."

„Wir sind hier aber nicht in Ihrem Haus, Herr Warteck, und deshalb haben Sie hier nichts zu sagen", meint Trank.

„Sorgen Sie für Ordnung, Herr Präsident, oder ich verlasse die Sitzung", japst Oederlein und erhebt sich halb von seinem Stuhl.

„Verlangt Nationalrat Oederlein, der bekannte Ordnungspolitiker", spottet Trank. Diesmal prustet Kindlimann los, während sich Hartmann und Berglass nur noch ein Schmunzeln gestatten.

Präsident Biland klopft unaufhörlich und heftig mit seinem silbernen Kugelschreiber auf den Tisch und brüllt mit hochrotem Kopf: „Ruhe! Ruhe bitte! Lasst mich reden!"

Trank grinst ihn an: „Aber, Herr Präsident, so kennen wir Sie gar nicht. Schonen Sie besser Ihre Nerven, und im Übrigen machen Sie mit dem Kugelschreiber den teuren Tisch kaputt. Wer will sich denn wegen eines zweiten Sekretärs derart..."

Brockstätte springt auf und drängt sich schützend vor Biland, der brüllt: „Entlassen! Fristlos! So eine Schweinerei! Verschwinden Sie!"

„Ach ja genau, ich habe bereits fristlos gekündigt", entgegnet Trank und wirft dem Präsidenten einen gefalteten Bogen seines Protokollblocks zu, auf dem er, gerade bevor er aufgestanden ist, schwungvoll seine Kündigung hingeschrieben und dazu die genaue Uhrzeit vermerkt hat. An der Tür blickt er noch einmal zurück und bemerkt: „Meine Herren, das war's. Mein Gastspiel bei Ihrer Stiftung ist beendet. Ich erlasse Ihnen den mir zustehenden Applaus, leben Sie wohl."

Biland hat seinen Sessel zur Tür gedreht, Brockstätte steht neben ihm, und alle wenden ihm ungläubige Mienen zu. So wird er sie in Erinnerung behalten.

Schon lange hat Trank nichts mehr so genossen wie diesen Abgang. Laut vor sich hin lachend geht er in sein eigenes Büro, das zwei Stockwerke tiefer liegt. Mit Ekel betrachtet er die Aktentürme auf seinem Schreibtisch, die hundert unbedeutende und überflüssige Geschäftchen beinhalten. Angelegenheiten, die sich endlos wiederholen und vor allem formalen Bedürfnissen entsprechen. Die sich nie abarbeiten lassen, da sie täglich in mindestens gleich hoher Zahl in sein Büro strömen, wie sie dieses als erledigt verlassen.

Er holt eine Plastiktüte aus einer Schublade und wirft die paar persönlichen Dinge, die sich in und auf dem Schreibtisch befinden, hinein. Dann hängt er das

Foto des Jazzmusikers, das er einst in der 42. Strasse in New York aufgenommen hat, ab und legt es in seinen Aktenkoffer. Schliesslich wählt er die Telefonnummer seines Zuhause.

Maria meldet sich sogleich. „Hallo, Liebes", sagt er heiter, „wie geht's zu Hause, was machst du gerade?"

„Ich bin natürlich am Kochen, aber sag mal, warum tönst du so aufgeräumt?"

„Weil ich am Aufräumen bin. Mein Büro ist schon beinahe geräumt, und nun kommt unser Leben dran."

„Machst du Witze? Was ist los?"

Er sagt ganz ruhig: „Hör mal, ich habe hier gerade eine Bombe platzen lassen und meine fristlose Kündigung provoziert. Entschuldige bitte, dass das so plötzlich kommt, aber es ging nicht anders. Dafür fühle ich mich so ausgesprochen gut wie schon lange nicht mehr. Und ich verspreche dir, ich werde alles tun, um so schnell wie möglich wieder eine Stelle zu finden, sogar als Edelsekretär deines Bruders."

Es kommt ihm vor, wie wenn er Maria geschlagen hätte. Er weiss nicht, was jetzt geschieht, ob sie weinen oder ihn anfauchen wird. Doch sie antwortet ebenso ruhig wie er: „Es überrascht mich weniger, als du denkst. Die Kinder und ich wissen schon lange, dass es dir nicht gut geht, wir haben dir dein Unglück von weitem angesehen und uns den Kopf zerbrochen, was zu tun ist. Jetzt hast du den ersten Schritt getan, alles Weitere wollen wir gemeinsam planen."

Trank spürt, wie sich Zuversicht in ihm breit macht. „Das ist das grösste Geschenk, das du und die Kinder mir machen könnt. Und jetzt habe ich nur noch einen Wunsch."

„Und wie lautet der?"

„Ich möchte mit euch für die Sommerferien nicht in die Toscana, sondern wieder auf die Belle-Ile fahren, wo mein Irrweg begann, und von dort aus neu anfangen."

„Ich bin einverstanden, und die Kinder bestimmt auch. Wann kommst du heim?"

„Jetzt sogleich, zu vollkommen ungewohnter Zeit."

Er verlässt sein Büro, ohne noch einmal zurückzublicken. Abenteuerlich beschwingt und mit dem Versuch, eine komplizierte Jazz-Melodie zu pfeifen, schreitet Gerold Trank die Treppe hinunter, vorbei an der Loge des Hauswarts, der „He!" ruft und ihm verwundert nachblickt, hinaus in den strahlenden Sonnenschein.

Weitere Bücher von Andreas Pritzker
werden vorgestellt auf

www.munda.ch